時報出版

這樣發音超標準

跟著留學正妹說出道地美國腔

Regina 林函臻 著

目次

自序

Hello，大家好！我是Regina～（很多人都覺得這個英語名字挺特別的，好奇我是怎麼取的，其實這名字是從翻譯機裡面選出來的喔。）

從小到大我都算是個安分守己的好學生（是真的！我還拿過禮貌楷模等獎項呢～），只是不知道為什麼課業成績一直都不好。我最敬愛的爸爸媽媽當時覺得，也許臺灣教育並不是那麼適合我，加上當時的教育體系非常嚴格，為了提高升學率，學生經常被體罰，或是被留在學校裡自習到很晚，週末甚至得補習到天明。（當然我相信現在的學生還是一樣努力，但至少體罰沒有啦～而且頭髮還可以留得長長美美的！）因此，Regina的爸爸媽媽就問了一句：「想不想出國念書？」於是我在讀完國二升國三那一年就辦了休學，收拾行李一個人去美國當小留學生。

一開始我在加州洛杉磯讀了半年，只是當時在學校或是寄宿家庭幾乎還是說中文。抱著「我要學好英語」和「不可以浪費學費」的想法，我毅然決然的拋下了加州溫暖陽光，再次收拾家當，轉學來到東岸、位於麻州波士頓。這美麗的城市留住了我，我的高中及大學學業都是在波士頓完成的。

那個14歲時有著嚴重語言障礙的小女孩，上課讀書幾乎每個字都需要用翻譯機翻譯（除了類似I、you、he這樣的單字不用翻譯外），後來到了20來歲時找工作面試時卻能劈里啪啦的講著英語、舌粲蓮花推銷自己給各個主管。回頭想想，環境固然可以影響語言學習的成效，可是最大的原因，還是得靠自己的努力。

一般學生總認為能把英語文法、字彙學好，已經很有成就，對於發音似乎不大重視。畢竟連基本的英語文法、字彙，老師都沒有時間仔細教給我們了，遑論把英語講得接近美國人腔調，根本無法多求！只要學生的發音過得去，老師就謝天謝地了。因此，老師們不會多做些什麼，好讓學生的英語發音更標準。

在本書中，讀者會常看到「臺式英語」、「臺灣朋友發音」或強調某些音是很「local」的發音等字眼。Regina要在這裡強調，所謂的「臺式英語」不是不好，臺灣人的發音自有臺灣人的溫暖之處。每一個國家的人講話腔調各有不同，英語就有英國腔、美國腔，甚至還有澳洲腔，更別說三個國家裡東西南北的地方腔調了。即使是美國，南腔北調就大不相同，東岸跟西

岸的發音也各有特色，甚至可以從發音就猜出來這個人的家鄉是哪裡。在臺灣，不是也分北部臺語以及南部臺語嗎？所以，只要是聽得懂的、可以溝通的英語，就是好英語！但若能藉由一些簡單的小訣竅，讓自己的發音更接近外國當地的標準發音，不是更能達到完美溝通的目的，也更能給對方留下良好的印象嗎？

我把觀察到的發音技巧寫在這本書裡，分享給所有想學好英語發音的朋友們！有些發音可能是從小老師就這樣教，因此你從來不知道那是錯誤的發音。有些發音可能是因為別人都這樣唸，如果你唸得不一樣，反而會被別人當成怪咖，只好將錯就錯，錯久了變成習慣。有時候可能是因為沒有掌握發音訣竅，因此聽起來沒有那麼標準。另外還有很多發音是如果沒有旁人刻意糾正，自己是不會發現錯誤的！

留學的這9年來，我經常把注意力放在聽別人如何發音。我的親身經歷是，不論是發音發得特別標準或是發得不夠標準，都是很好的教材，都能夠讓我比較、研究，並找出接近標準發音的技巧。我讀的不是英語本科系，也不是教育科系，我只是個美國留學生，被丟到陌生環境裡自我督促學習，並積極

努力想要讓自己的英語發音能夠說得既道地又標準，慶幸有了一些心得。我想把這些體驗和自我研習整理出的小訣竅分享給大家，希望能讓更多在臺灣的英語學習者對講英語有更多的信心，也希望大家會喜歡這本書！

Regina Lin.

林函臻

Part 1

發音的基本功夫

01 發音的原則

在進入正式的教學前，先告訴大家一些發音的基本原則。把原則記好，之後學起發音訣竅就可以更快上手喔！

1.「氣音」跟「重音」

臺灣朋友常犯的錯誤，就是把很多音都唸得很重很用力。原本應該發「氣音」（一般稱為「清音」，又稱「無聲」）的字，卻過度用力，變成了「重音」（一般稱為「濁音」，又稱「有聲」）。所以第一個原則是有關「氣音」跟「重音」的觀念（「氣音」跟「重音」是 Regina 自己歸類的，這樣解釋及歸類，大家會比較好懂）。接下來的很多發音都會提到「氣音」跟「重音」，所以大家一定要認真學起來喔！

「氣音」跟「重音」，顧名思義，一個是「輕聲細語」的發音，一個是「比較用力」的發音。而最簡單明瞭分辨「氣音」跟「重音」的方式就是觀察發音的時候聲帶（喉結處）有沒有振動。如果發音的時候，聲帶沒有振動，那就是氣音；相反的，聲帶若有振動，就是重音。

我發現，臺灣的朋友常常不自覺把很多音發得很重。打個比方，音標[k]的發音應該像「ㄎ」，很像是《櫻桃小丸子》裡面的野口躲在後面所發出的陰沉笑聲。現在請你試著發這個陰沉的「ㄎㄎㄎ」笑聲，並且把你的手放在喉結處，你會發現，

在發這個「ㄎㄎㄎ」笑聲的時候，聲帶是沒有振動的。就像是講悄悄話的時候，聲帶是不會振動的，這就是氣音。不過，大家卻常把氣音的「ㄎ」發成了重音的「渴」（手放在喉結處，會感受到振動），因此發音聽起來會比較不標準。像是「bad」[bæd]（壞的）這個單字，後頭的[d]音只需要輕輕的發出氣音「ㄅ」（聲帶不會振動）。可是很多人都會把它發得很用力，變成了重音的「的」（聲帶會振動）。若能正確的發出氣音，發音就會立刻變得比較標準。

想要發好氣音，可以做的小練習就是把你的手放在喉結處，講話的時候，有如講悄悄話一樣輕，聲帶不振動，那就是氣音；相反的，發重音的時候，就是很用力的講出來，如平常時講話，聲帶會振動，那樣就是重音。

不妨想像你現在正在開一個重要的會議，你跟旁邊的同事需要用有如悄悄話、超小聲的音量說話，才不會打擾到會議的進行。這時，你以很小的、有如悄悄話的音量跟隔壁的朋友說：「我要去洗手間。」（手放喉結處，聲帶不振動）這樣的音量就是「氣音」。再想像一下你現在在海產店，你用正常音量、甚至稍微大聲一點的音量對朋友說：「我要去洗手間。」（手放喉結處感受聲帶的振動）這就是「重音」了。

要發出氣音其實就是這麼簡單，就像是講悄悄話那樣、聲

帶不振動的發音。只是在發音的時候，我們要自己提醒自己，不要把氣音發得太用力而變成了重音。

讀到這裡，你應該很想練習一下吧？先繼續讀下去，接下來會介紹更深入有關氣音的用法，也有單字提供給大家參考、練習！

2.字尾不發音的e

第二個原則是當單字組合為「子音＋母音＋子音＋e」，發音時最後的「e」是不發音的喔！

臺灣朋友常犯的通病就是會把「子音＋母音＋子音＋e」組合的字最後的「e」發出聲音，換句話說，也就是把最後的子音發得很用力，原本應該是要發成氣音的，卻變成了重音。「子音＋母音＋子音＋e」這個組合在英語單字裡面常常出現，所以一定要記得這類單字組合，發音時後面的「e」是不發音的，只要把最後一個子音發成氣音就可以了。

像是「tape」[tep]（膠帶、錄音帶）這個單字就是「子音＋母音＋子音＋e」的組合。結尾的「e」在這裡是不發音的，而單字的尾音應該是最後一個子音的氣音。如「tape」最後一個子音是「p」，此單字的結尾音就是「p」的氣音「ㄆ」。（一般我們唸ㄅㄆㄇㄈ的時候，都是正常唸出來，這時候發音聲

帶是會振動的。可是，現在你要發成「氣音」的「ㄆ」，試著用講悄悄話的方式說「ㄆ」，聲帶不振動所發出「ㄆ」就是氣音囉！）因此，這個單字整個唸法應該是唸出「ㄊㄟˋ＋ㄆ」（尾音的ㄆ要發成氣音、聲帶不振動）。

不過我常會聽到很多人把「tape」結尾的「p」音、氣音「ㄆ」的發音很用力的發成了重音，因此變成了「ㄊㄟˋ＋ㄆㄜˋ」（發「ㄆㄜˋ」音時聲帶會振動），仔細一聽，最後好像有個「ㄜ」的音。有些人可能因此會聽成了「taper」[ˋtepɚ]（細蠟燭）。原本你請朋友買tape，可是因為發音不標準，朋友可能也沒有聽清楚，就買了taper回來。

基本上，「子音＋母音＋子音＋e」的單字，大家常犯的錯誤就是把結尾的「e」發了出來，好像後面多了個「ㄜ」音一樣，就是因為最後一個子音發得很重很用力。像是「cake」[kek]發起來變成了「ㄎㄟˋ＋渴」（應該是「ㄎ」的氣音）、「date」[det]發起來變成了「ㄉㄟˋ＋特」（應該是「ㄊ」的氣音）、「fake」[fek]變成了「ㄈㄟˋ＋渴」（應該是「ㄎ」的氣音）。

掌握重音跟氣音的差別，體會出其中的奧妙了嗎？臺灣朋友常把很多發音發得太用力，因此聽起來就沒有美式英語的感覺。這個單元就先把這個大問題點出來，讓大家了解重音跟氣音的區別，因為這些都是很基本的原則唷！

發音示範與練習

以下是「子音＋母音＋子音＋e」的單字：

cake

date

dive

fake

home

joke

Kate

make

take

vote

「發音示範與練習」單元即真人原音教學CD中之內容，
學習時可搭配本書所附之光碟。

02 唸好標準 abc

　　前面提到臺灣的朋友常常重音跟氣音不分，大多數都是把氣音唸成了重音。把氣音發成了重音，會造成的結果是一個單字聽起來變成一段一段的，像是「fake」明明是一個單字，很多人卻常發成了「費＋渴」兩個音節。此外，臺灣的朋友常會把每個音節的音都發得霹靂無敵清楚，這個習慣就連唸「abc」單個字母的時候也會出現，像是「f」會變成「ㄟˊ＋府」，就更不用說一些比較長的單字了，唸起來音節又多又明顯，感覺有些不俐落。

　　其實這種習慣也不是不好啦～很有臺灣人的親切感，而且若身在臺灣發音太標準、太清楚，有些人反而還會聽不懂呢！（我自己真的就遇過這情況。）或是身在新加坡，如果你不用Singlish（新加坡式口音）說英語，說不定還無法跟在地人溝通。也有日本朋友跟我說過，如果日本人在日本說英語說得很標準，反而會被唾棄，得要保有日本人發音的特色才能融入大家，很神奇吧？不過當你在跟美國人交談時，如果想要發音標準一些，就需要注意這些發音細節了。

　　話說回來，如果連最基本的字母「abc」都沒有唸好，要怎麼學好發音呢？現在就來解析臺灣朋友唸「abc」的方式。臺灣的唸法雖然有一種親切的local感，但如果我們把正確的唸法學好，以後就可以自由切換「臺灣口音模式」或是「美國發

音模式」，碰到不同的說話對象時就能使用不同模式了。

根據觀察，以下是臺灣朋友經常發音錯誤或發音有待改善的字母：c、f、g、h、j、l、m、n、r、s、v、w、x、z。記好「氣音」以及「重音」的差別後，就可以進入字母發音矯正的階段了！

1.c

「c」常常被唸成「ㄒㄧ」。可是它不是「ㄒㄧ」的音，唸起來應該接近「ㄙ＋ㄧ」的音。可以試著把「ㄧ」的音稍微唸長一點點，聽起來就會標準許多。

2.f

「f」常常會被唸成了「ㄟˊ＋府」（「府」發很重的音），明明是一個字母，卻被唸成了兩個音節，這樣是不對的唷！而且很多人會把那「ㄟ」的音發得很上揚、聲音往上飄，變成好像綜藝節目裡做效果時候說的「ㄟˊ～」那樣。其實「f」的發音應該是「ㄟˋ（很像叫人的時候會叫「ㄟˋㄟˋㄟˋㄟˋ」的那個短「ㄟˋ」）＋夫（很輕微的咬住下嘴脣發出「夫」的氣音，是氣音喔！）」，要唸得連續而自然，不要把音節唸得那麼清楚、有分明。

3.g

對於「g」的發音我還滿在意的～因為很多朋友會叫我「Gina」～（Regina好像長了點，很難叫？）所以我的小名唸起來好不好聽，「g」的發音就很重要。「g」，常會被大家唸成「機」或是「居」，但是這兩種發音都不是正確的！正確的是介於「ㄐㄧ」跟「ㄐㄩ」中間，比較接近「居＋ㄧ」。重音稍微在「居」上面，試著把兩個音唸得快速、順暢一些。有沒有聽過少女時代有一首歌〈Gee〉？有點像是那首歌裡面一直重複唱的「Gee～Gee～Gee～」這樣的發音。

4.h

大家在發「h」的音跟發「f」音的時候，都喜歡把它發成兩個音節，而且那個「ㄟ」音都會上揚，因此聽起來變成了「ㄟ／＋曲」（「曲」被發成了重音）。可是後面的「曲」音只需要輕輕的發氣音，聲帶不振動，而且它比較偏向是輕發一聲「區」的音、不是三聲「曲」（ㄑㄩˇ）。所以「h」唸起來比較接近「ㄟˋ（像是叫人的時候發出的「ㄟˋㄟˋㄟˋ」）＋區（輕輕的發氣音）」。請記得，它只有一個音節，不是兩個音節唷！

5.j

大部分的人發「j」的音時，單聽起來問題好像不大，但其實這個字母若發音一有偏差，唸起單字來就會不標準。臺灣朋友唸「j」的時候，聽起來像是「接」或是「ㄗ＋ㄟ」。雖然這樣好像也聽得懂，但當你把它放入單字中發音時，聽起來就會不標準。比如「Jay」這個人名，唸起來就會變成「借＋ㄟ」或是「ㄗ＋ㄟ」。因此，「j」的正確發音也很重要！「j」的正確唸法應該比較接近「舉＋ㄟ＋一（一的音發很短）」的感覺。

6.l

在臺灣，「l」發音的問題也一樣，就是大家普遍喜歡把它發成兩個音節，聽起來會變成「ㄟˇ＋樓」、或是「ㄟㄟ＋摟」。可是請記得，它是一個字母，音節不要分那麼明顯。唸起來應該像是很快速的唸「ㄟ＋ㄡ＋ㄌ」（ㄌ其實沒有發出音來，要在發出ㄌ音之際停住，並且把舌頭往上牙齦與上門牙之間頂）。

7.m

「m」的發音是很多人的障礙。我聽過有人發成「ㄟˊ＋

母」，也聽過有人發成四聲的「ㄣˋ」，都是很多臺灣朋友會發的音，可是這些唸法都不是美式的發音唷！想想，在對話時，我們是不是常會發出「嗯」（嘴巴閉起、用鼻子發出的音）的聲音來表示回覆？請把這個音運用在「m」的發音中。因此「m」的發音接近「ㄟˋ＋嗯（嘴唇務必要閉起來、用鼻子發出音）」。或是接近「am」這個單字的發音。

8.n

「n」的發音有點難度，因為它跟「m」的發音較接近，容易唸錯。臺灣的朋友發「n」的音聽起來像是「ㄣ」，沒有什麼大問題，但若硬是要在雞蛋裡挑骨頭的話，就是在唸「n」的時候，可以加點鼻音，聽起來會比較有美式英語的感覺唷！可以試著發出「ㄣ＋ㄥ」，多用點鼻音，這樣就可以把這個字母唸得更道地。

9.r

至於「r」的發音之所以會發得不夠好，是因為大家不習慣捲舌，或是捲得很含蓄，因此聽起來會像是「ㄚˊ」。其實唸這個字母的訣竅很簡單，就是保留原來的「ㄚˊ」音，並在發音結尾時把舌頭捲起來，用「ㄦ」來收尾，唸出「ㄚˊ＋ㄦ」

的音，這樣就可以輕鬆唸出美式英語的感覺喔！

10.s

「s」也常被大家拆成兩個音節，唸成「ㄟ✓＋死（「死」被發成重音）」。再說一次唷～它不應該是兩個音節，而且「ㄟ」的音也不該上揚。因此它唸起來應該是接近「ㄟヽ＋ㄙ（是氣音喔）」。

11.v

「v」的發音較難，會唸的人就會唸，不會的常會把它發成「ㄨ＋一」的音（有點像是英語中的臺灣國語腔調）。唸這個字母的時候，上門牙會輕輕抵住下面的嘴脣，之後下嘴脣往外輕輕磨擦上牙齒，發音時嘴脣會有點癢癢的感覺。

12.w

「w」這個字母，因為音節比較多，發音時需要一些技巧，但其實把它想得簡單一點就會很輕鬆。大家會唸「double」這個單字跟「u」這個字母吧？「w」的唸法就是「double」加上「u」～！只是在發音的時候要注意輕重音：前面「double」的音調要上揚，「u」的音則沉穩，聽起來就會比較標準。

13.x

「x」也是另一個會被拆成了好幾個音節唸的字母，常會被唸成「ㄟˊ＋渴＋死（「渴死」發音時聲帶振動）」。再提醒一次，它是一個字母，所以音節應該唸得更流暢，聽起來像是快速唸出「ㄟˋ＋ㄎ＋ㄙ」才對（ㄎ、ㄙ這兩個音都是很輕的氣音，聲帶不會振動！）

14.z

「z」的發音比較少用到，但大家常會把它發成「記」的音，這是不標準的唷！比較標準的應該是接近「ㄗ＋一ˋ」的音。發這個音的時候，上下門牙要從咬合到分開，舌頭則會癢癢的，聽起來有點像是觸電「z～z～z～」的感覺。

03 學好KK音標

　　相信臺灣朋友對KK音標應該都不陌生，畢竟從以前到現在，英語課本裡都是以此來標註單字發音。雖然現在很多人都推崇自然發音，可是對一些入門的英語學習者來說，畢竟英語不是我們的母語，不會天天聽、說、讀、寫，此時一些輔助工具就可以協助我們學習。先熟悉KK音標，時間久了、對英語的接觸以及經驗多了，自然而然就會轉變成自然發音法。

　　在這本書裡，KK音標被分成了兩大類：母音以及子音。而在母音裡又分類成「緊母音」（也就是大家熟悉的「長母音」〔long vowel〕）以及「鬆母音」（也就是「短母音」），所謂的緊母音及鬆母音，是指發音時發音器官呈現緊或是鬆的狀態，以下會以長母音以及短母音稱之。其實很多母音的發音很接近，差別極小，發音的細節就更需要特別注意！

　　很多類似的母音發音差別就在於一個發音長一點、一個發音短一點。顧名思義，長母音就是發音時間長一點；而短母音則相反，發音時間縮短一些。打個比方，[i]跟[ɪ]都發「一」的聲音，但是[i]是長母音，因此發「一」的時間長一點；而[ɪ]是短母音，如果[i]需要發一秒的音，那[ɪ]就只需要半秒，聽起來會像是「一˙」。

　　至於子音，主要也分兩類：重音及氣音。重音及氣音的主要不同點是，重音發音的時候聲帶會振動，而氣音發音時聲帶

是不會振動的。子音中還有一類是「半母音」，從字面來看，可以把它解釋成「發音類似母音，不過只有一半」，因此稱為「半母音」。例如[w]是子音，可是它的發音接近母音[ʊ]的開頭，如果[ʊ]發音是一秒鐘，那麼[w]的發音就是[ʊ]的開頭零點幾秒。就因為只有開頭的音，因此稱為半母音。另外，有些子音的發音會因出現在母音前後而改變。

　　我們先把各個音標的基本發音練習一遍，這樣在學習接下來的各個單元的發音教學時，會更能知道哪個發音是對的、哪個是錯的，學起發音會更容易上手！

KK音標母音總表						
編號	KK音標	分類	相近注音	KK音標發音訣竅	舉例單字	細節備註
1	[i]	長母音	ㄧ	發出「ㄧ」的聲音，並且把嘴角往兩側延伸，有點像在微笑。	meet [mit]（遇見）	舌尖頂住下排牙齒，務必使用微笑狀態、嘴角往兩側延展
2	[ɪ]	短母音	ㄧ	發出「ㄧ」的聲音，但是比（編號1）發音短。比較像是臺語裡的「他」。	mix [mɪks]（攪拌）	這裡的i音不會像是（編號1），這個發音不需要呈現微笑嘴形、雙脣自然張開發出「ㄧ」音即可
3	[e]	長母音	ㄟ	發出「ㄟ」音之後，馬上發出「ㄧ」音。	make [mek]（製造）	[ɛ]轉到[i]的發音方式，務必要在「ㄟ」後面發「ㄧ」的發音，大家常常只發「ㄟ」音、忽略「ㄧ」音
4	[ɛ]	短母音	ㄟ	快速發出「ㄟ」音，有如在叫人發出那種「ㄟㄟㄟ」那種發音一樣。	bet [bɛt]（打賭）	雙脣向下張開，不需要呈現微笑嘴形，這個發音不會像是（編號3）一樣有「ㄧ」的發音，只需要快速的唸出「ㄟ」即可
5	[æ]	短母音	ㄟ+ㄚ	發出帶點ㄟ+ㄚ的發音，嘴形往兩側延伸、壓得有點扁扁的感覺。	bad [bæd]（壞的）	嘴形務必壓扁做發音，雙脣向下以及嘴角往兩側延展，發出來的聲音也有點扁扁的感覺，需要用到喉嚨的力量
6	[ɑ]	短母音	ㄚ	發出「ㄚ」音，嘴巴往上下拉開、呈現有點一圓的嘴形。	lock [lɑk]（鎖）	嘴巴可以盡量拉大、需要拉得比（編號7）大
7	[ʌ]	短母音	ㄛ	發出「ㄛ」音，嘴巴一樣往上下拉大。	luck [lʌk]（運氣）	使用「ㄛ」音需要用到喉嚨的力量，不過嘴形拉得比（編號6）小

8	[ə]	短母音	ㄜ	發出「ㄜ」音，但是「ㄜ」音可以發輕一點。	o'clock [ə'klɑk]（...點鐘）	舌頭及嘴脣不需要刻意用力，嘴巴放鬆張開發音即可，一樣要用到喉嚨的力量，但是相較（編號7），「ㄜ」音請發得輕一點
9	[ɔ]	短母音	ㄛ	發出「ㄛ」音，嘴形拉大、呈現很圓的圓形嘴。發音後嘴巴不要再閉起。	bought [bɔt]（買的過去式）	嘴巴務必呈現圓形、好像嘴巴含了一顆滷蛋，發音完畢嘴巴形狀不變、務必不能閉起
10	[o]	長母音	ㄡ	發出「ㄡ」因之後，馬上發出「ㄨ」音。	boat [bot]（船）	由[ɔ]轉到[u]的發音方式，請務必要在「ㄡ」音後發「ㄨ」音，大家常常會忽略「ㄨ」音
11	[u]	長母音	ㄨ	嘴巴噘起，呈現嘟嘴發出「勿」音。	boot [but]（靴子）	舌頭伸往上顎，務必使力噘起嘴巴、嘴巴呈圓形發音才會標準
12	[ʊ]	短母音	ㄨ	嘴脣不噓刻意噘起，嘴巴放鬆唸出「勿」音。	book [bʊk]（書）	無須刻意使力，嘴巴不必噘起
13	[ɝ]	短母音	ㄦ	發出「ㄦ」音、並用力捲起舌頭。	bird [bɝd]（鳥）	舌頭記得要使力捲起
14	[ɚ]	短母音	ㄦ	發出「ㄦ」音、並稍微捲起舌頭。	Robert ['rɑbɚt]（名：羅伯特）	舌頭要全捲起，但相較（編號13）不需要捲那麼用力
15	[aɪ]	雙母音	ㄞ	發出「ㄚ」[ɑ]音之後、馬上發出「一」[ɪ]音。	right [raɪt]（對的）	由[ɑ]轉到[ɪ]的發音方式，請務必發出「一」音，大家常常會忽略「一」音
16	[aʊ]	雙母音	ㄠ	發出「ㄚ」[a]音之後、馬上發出「ㄨ」[ʊ]音。	round [raʊnd]（圓的）	由[ɑ]轉到[ʊ]的發音方式，「ㄚ」音加上「ㄨ」音，發音起來偏向「ㄠ」音
17	[ɔɪ]	雙母音	ㄛ一	發出「ㄛ」[ɔ]音之後、馬上發出「一」[ɪ]音。	Roy [rɔɪ]（名：羅伊）	由[ɔ]轉到[ɪ]的發音方式，可參考（編號9）來發[ɔ]音

KK音標子音總表						
編號	KK音標	分類	相近注音	KK音標發音訣竅	舉例單字	備註
1	[b]	重音	ㄅ	嘴脣用力閉起、堵住氣流，再用力將氣猛然衝出、出發出「ㄅ」的音。	big [bɪg]（大的）rib [rɪb]（肋骨）	用力發出「ㄅ」音時，聲帶會振動
2	[p]	氣音	ㄆ	嘴脣用力閉起、堵住氣流，再用力將氣猛然衝出、出發出「ㄆ」的氣音。	pig [pɪg]（豬）loop [lup]（環）	發「ㄆ」音喉嚨不會振動，是氣音
3	[d]	重音	ㄉ	舌頭頂住上牙齦、堵住氣流，再用力將氣猛然衝出發出「ㄉ」音。	dig [dɪg]（挖）and [ænd]（和）	用力發出「ㄉ」音時，聲帶會振動
4	[t]	氣音	ㄊ	舌頭頂住上牙齦、堵住氣流，再用力將氣猛然衝出發出「ㄊ」的氣音。	tig [tɪg]（輕拍）bit [bɪt]（小塊）	發「ㄊ」音喉嚨不會振動，是氣音
5	[g]	重音	ㄍ	舌根稍微往後拉，抵住軟顎擋住氣流，再用力將氣猛然衝出，發出「ㄍ」音。	good [gʊd]（好的）log [lɔg]（木頭）	發音有點像是臺語「牛」的頭音，用力發出「ㄍ」音時，聲帶會振動
6	[k]	氣音	ㄎ	舌根稍微往後拉，抵住軟顎擋住氣流，再用力將氣某然衝出，發出「ㄎ」氣音。	can [kæn]（罐頭）back [bæk]（背部）	發「ㄎ」音喉嚨不會振動，是氣音
7	[v]	重音	-	上排牙齒咬住下面嘴脣，再把氣從牙齒以及脣齒縫隙間磨擦送出。	vendor ['vɛndɚ]（小販）gave [gev]（給的過去式）	用力發音時，聲帶會振動，嘴脣好像有點癢癢的

8	[f]	氣音	ㄈ	上排牙齒咬住下面嘴脣，再把氣從牙齒以及脣中推出，發出氣音。	fans [fæns]（粉絲、愛好者）roof [ruf]（屋頂）	發「ㄈ」音喉嚨不會振動，是氣音
9	[z]	重音	-	舌尖輕輕碰到上顎、或是兩排牙齒內側，牙齒稍微閉起，再把氣從牙齒縫隙間磨擦從舌面送出。	zoo [zu]（動物園）breeze [briz]（微風）	用力發音時，聲帶會振動，有點像是觸電的聲音
10	[s]	氣音	ㄙ	舌尖輕輕碰到上顎、或是兩排牙齒內側，牙齒稍微閉起，再把氣從牙齒縫隙間磨擦從舌面送出，發氣音。	sick [sɪk]（生病）niece [nis]（姪女）	發「ㄙ」音喉嚨不會振動，是氣音，有點像是瓦斯漏氣的聲音
11	[ð]	重音	-	舌尖微微出力，牙齒咬住舌頭，舌頭後端稍微往上排牙齒內側貼，讓氣從牙齒舌頭間磨擦送出。	then [ðɛn]（然後）breathe [brið]（呼吸）	發音時，聲帶會振動，舌頭並有一點癢癢的，有點像是大舌頭講話的感覺，重點是要咬舌
12	[θ]	氣音	ㄙ	舌尖微微出力，牙齒咬住舌頭，舌頭後端會稍微往上排牙齒內側貼，再把氣往牙齒舌頭之間磨擦送出、發氣音。	threath [θret]（威脅）booth [buθ]（貨攤）	發音時，聲帶不會振動，有點像是大舌頭講話的感覺，重點是要咬舌
13	[ʒ]	重音	-	嘴巴稍微嘟起，舌尖會朝下、舌面會向上拱起，有如吹口哨嘴形。	vision ['vɪʒən]（視力）pleasure ['plɛʒɚ]（愉快）	會發出有如臺語「弱」的頭音
14	[ʃ]	氣音	ㄒ	嘴巴稍微嘟起，舌尖會朝下、舌面會向上拱起，有如吹口哨嘴形發氣音。	shower ['ʃauɚ]（淋浴）wash [waʃ]（洗）	會發出有如悄悄話的「噓」聲，發音為氣音

15	[dʒ]	重音	ㄐ	使用[ʃ]的舌位，舌頭底緊上顎並堵住氣流，嘴巴微嘟再猛力吹氣，氣將會從舌頭面與上顎的空隙中通過，氣流產生阻礙發音。	joy [dʒɔɪ]（歡樂） bridge [brɪdʒ]（橋）	發出有如「去」跟「舉」的音，發音為氣音
16	[tʃ]	氣音	ㄑ	使用[ʃ]的舌位，舌頭底緊上顎並堵住氣流，嘴巴微嘟再猛力吹氣，氣將會從舌頭面與上顎的空隙中通過，氣流產生阻礙發音，發出氣音。	choose [tʃuz]（選擇） watch [wɑtʃ]（看、手錶）	發出有如「去」的音，發音時聲帶會振動
17	[m]	出現在母音前	ㄇ	嘴巴緊閉起來，和發「ㄅ」音相同，使用鼻子把氣往外逼出後，嘴巴再張開。	maid [med]（女僕） male [mel]（男性）	在一個單字中，此音發音技為巧嘴巴緊閉起來，使用鼻子把氣往外逼出後，嘴巴再張開再緊接著唸母音
		出現在母音後	-	嘴巴閉起來，使用鼻子把氣往外釋出，嘴巴並一直都閉著。	same [sæm]（相同） sum [sʌm]（總和）	發音感覺被悶住、嘴巴一直閉起，有點像是發臺語「伯母」的尾音
18	[n]	出現在母音前	ㄋ	舌頭稍微往牙齦上面貼，堵住氣流，和發「ㄅ」音相像，使用鼻子把氣往外逼出後，再放開舌頭。	nose [noz]（鼻子） know [no]（知道）	發音有如「呢」音，標點符號輕聲的「ㄋㄜ‧」音，需使用到鼻音
		出現在母音後	ㄣ	舌頭稍微往牙齦上面貼，堵住氣流，使用鼻子把氣往外逼出後，舌頭不放開。	run [rʌn]（跑） sun [sʌn]（太陽）	結束發音時，勿再前面加上「ㄜ」音，需使用到鼻音
19	[ŋ]	重音	ㄥ	舌根稍微往後拉，抵住軟顎並且堵住氣流，讓氣從鼻子出來。	sing [sɪŋ]（唱歌） thing [θɪŋ]（事物）	嘴脣張開，舌後根抵住軟顎，氣流通過鼻腔送出，需使用到鼻音

20	[h]	氣音	ㄏ	嘴巴與喉嚨自然張開，舌頭輕鬆平放，完全沒有阻擋力的讓氣流從喉嚨送出。	hate [het]（贈恨）her [hɝ]（她的）	發音為氣音
21	[w]	半母音	ㄨ	嘴脣稍微噘起成嘟嘴，有如母音[ʊ]的開頭音（因為只有開頭音，因此稱為半母音），發音停留時間很短。	warm [wɔrm]（溫暖）want [wɑnt]（想要）	在一個單字中，此音發音很短，很快的就移到後面母音的發音
22	[j]	半母音	一	有如母音[ɪ]的發音，但停留時間很短（因此為半母音）。	yum [jʌm]（好吃）yolk [jok]（蛋黃）	在一個單字中，此音發音很短，很快的就移到後面母音的發音
23	[l]	出現在母音前	ㄌ	舌尖往上稍微頂住上牙齦，但舌頭兩側有空隙可以讓空氣通過，吹出氣後再將舌尖從上牙齦彈開。	late [let]（遲的）left [lɛft]（離開的過去式）	聲帶會振動，並在震動吹氣後再將舌尖彈開
		出現在母音後	ㄛ	唸完母音後，舌尖稍微頂翹起頂住上牙齦，讓氣流從舌頭兩側通過，等聲音結束後再放鬆舌頭。	bill [bɪl]（帳單）real ['riəl]（真的）	出現於單字尾音，並因為舌頭往上頂發音，前面母音聽起來比較暗
24	[r]	出現在母音前	ㄖ	舌頭稍微往上捲，有如發「乳」音，聲帶振動並吹氣，依照後面母音決定是否放鬆舌頭。	red [rɛd]（紅色）roll [rol]（滾動）	例：後面母音為a, e, i時，喉嚨平放，發o跟u時須繼續捲舌
		出現在母音後	ㄦ	舌頭稍微往上捲，有如發「ㄦ」音，聲帶振動並吹氣使氣流從喉嚨出來，舌頭將從舌根開始就往後拉捲起，舌中間隆起並接近上顎。	or [ɔr]（或者）dare [dɛr]（竟敢）cheer [tʃɪr]（歡呼）	美語捲舌音有三個，母音的[ɝ]以及[ɚ]，還有子音的[r]。[ɝ]需要使用到最多舌頭捲度，再來是[ɚ]、捲最少舌頭的是[r]

04 母音的唸法

　　雖然學英語不像學數學一樣，有一加一等於二那樣的定律公式，但其中還是有規則可循。所以英語學久了，看到單字時就會使用自然發音法，也就是看到一個單字，很自然的就可以發出它的拼音，而不必去多想字母的KK音標或是發音規則。但就像之前說的，如果有工具可以幫助學習，那麼學習起來就會快速許多。

　　記得以前英語老師跟我說過，如果你想聽懂別人說的英語、也想讓別人聽懂你說的英語，你必須先學會如何正確發好母音的發音，以及訓練耳朵對母音發音的敏感度。母音在每個單字裡都扮演著極重要的角色，沒有了母音，所有單字都無法發音。當兩個子音碰在一起，如[tg]，你會怎樣發音？「ㄊㄍ」？這不算一個音。但如果是一個子音配上一個母音，如[ta]，發音就可以拼起來變成「ㄊㄚ」（他）的音。在中文裡有一些注音符號如「ㄧㄟㄚㄜㄛㄡㄨㄠㄞ」，它們就像中文裡的母音一樣，而「ㄅㄆㄊㄍ」這類型的就像是子音。當兩個子音湊一起，如「ㄍㄊ」，就無法發音。但是一個子音配上一個母音，如「ㄍㄠ」（高），就可以拼成一個音。

　　既然母音那麼重要，就絕對不能不知道它的發音。剛接觸英語發音時，首先會學到的就是母音有五個字母：「a、e、i、o、u」。而這些母音的發音大多很相近，常會把大家搞得一頭

霧水。所以在這一章裡，我們暫且把母音當成「數學公式」來看，雖然這些發音規則只適用於「大部分」的情況，仍然有例外（尤其是一些「外來語英語」，如從日語、法語、西班牙語借來的英語單字，都不適用這些規則），但這些規則還是非常值得參考喔！

什麼是長母音、什麼是短母音？最簡單分辨的就是，長母音的發音是「a、e、i、o、u」等字母本身的唸法，「a」就是唸[e]、「e」就是唸[i]，英語字母發音怎麼發，長母音發音怎麼發。打個比方，「a」的長母音發音就是[e]（ㄟ＋一），而「a」的短母音發音就是蝴蝶音[æ]（嘴形往兩側延伸、壓得有點扁扁的感覺）或是[ɑ]（ㄚ）。「i」的長母音就是[aɪ]（ㄞ＋一），短母音發音是輕聲的[ɪ]（一˙）。發現了嗎？「a」的長母音就是唸「ㄟ＋一」、「i」的長母音就是唸字母本身的發音「ㄞ＋一」。

如果把這套分辨長母音或是短母音的規則套入單字，「make」[mek]（製造）裡面的「a」就是長母音，因為它的發音就是「a」（ㄟ＋一）。「bad」[bæd]（壞的）的「a」就是短母音，因為這裡的「a」不是發字母本身的[e]（ㄟ＋一）的音，而是發蝴蝶音[æ]。「even」[`ivən]（平的）的「e」音就是長母音，因為它就是發[i]（一），跟字母「e」本身的發音是一樣的，不過「egg」[ɛg]（蛋）的「e」音就是短母音，因為它是

發 [ɛ]（ㄟ˙）的音。大致了解長母音跟短母音的分別後，我們再講發音規則。

　　以母音發音的整體規則來說，當母音在一個單字的最後面時，它就會是長母音。例如：she[ʃi]（她）、he[hi]（他）、go[go]（走）、so[so]（那麼）、fee[fi]（費用），這些母音都是長母音（這些長母音的發音，都是字母本身的發音）！像是go[go]（走）的發音聽起來就像是「購ㄡ」（單字最後面的母音會拉長，跟唸「o」這個單字一樣）、而不是短短的「ㄍㄡˊ」一聲的短母音。

> 例外：子音＋母音＋子音＋e的組合，尾音的e是不發音的，如vote[vot]（投票）的尾音「e」不發音，可參考p.12。

　　而當兩個母音湊在一起的時候，請發第一個母音的長音。例如：sail[sel]（航行）、bean[bin]（豆子）、soap[sop]（肥皂）、sneak[snik]（偷偷溜走）。像是bean[bin]（豆子），中間的「ea」兩個母音湊在一起，便是發第一個母音的長音，因此要發出第一個母音「e」的長音，聽起來像是「並＋一＋ㄣ（ㄣ發鼻音）」。切記，一定要發出後面的「一」音才是長母音唷！不然會變成bin[bɪn]（箱子）的短母音。

> 例外：「ou」結合的單字，如soup[sup]（湯）、group[grup]（團體）。

由以上這兩個大規則來看，就可以知道長短母音是有差別的，而且會影響溝通的內容。接下來的其他規則可分「a、e、i、o、u」五個部分，但請注意，這些都是「大致」的規則，還是有些例外的發音組合。

1.「a」母音的發音大致規則

★ 如果在一個單字中，「a」後面緊跟著的是「y」(a＋y)，那「a」就發長母音。例如：play[ple]（玩耍）、day[de]（日子）、say[se]（說）、ray[re]（光線）。

★ 如果在一個單字中，「e」是單字的結尾，「a」後面跟著一個子音，而子音後面跟著的字母是「e」(a＋子音＋e)，那「a」就發長母音。例如：date[det]（日期）、bake[bek]（烤）、rate[ret]（比例）、fate[fet]（命運）。

> 例外：如果「a」後面跟著的是「r」，則此母音發短母音，如bare[bɛr]（赤裸的）、rare[rɛr]（罕見的）、care[kɛr]（照顧）、dare[dɛr]（膽敢）。和2.「e」的最後一個規則相參照。

2.「e」母音的發音大致規則

★ 如果在一個單字中，兩個「e」湊在一起（ee），那「e」就發長母音。例如：sweet[swit]（甜的）、beef[bif]（牛

肉）、reef[rif]（珊瑚）、fleet[flit]（艦隊）。

★ 如果在一個單字中，「e」的後面是子音，而子音後面緊接著另外一個母音（e＋子音＋母音），此時這個「e」發長音。例如：evil[`ivl]（邪惡的）、deplete[dɪ`plit]（用盡）、delete[dɪ`lit]（刪除）。

★ 在「子音＋母音＋子音＋e」組合的單字中，字尾的「e」是不發音的，而在「e」前面的母音則發成長音。例如：mate[met]（同伴）、cape[kep]（披肩）、note[not]（筆記）、drive[draɪv]（駕駛）。（可參考 p.12。）

3.「i」母音的發音大致規則

★ 在一個單音節的單字中，如果「i」的後面緊跟著兩個子音，那「i」就發長母音。例如：bright[braɪt]（明亮的）、mind[maɪnd]（頭腦）、child[tʃaɪld]（小孩）、bind[baɪnd]（捆）。

> 例外：當單音節的單字是複數或是以「th」、「sh」或是「dge」結尾時，「i」則發短母音。例如：clips[klɪps]（夾）、fifth[fɪfθ]（第五的）、fish[fɪʃ]（魚）。

★ 如果在一個單字中，「e」是單字的結尾，「i」後面跟著一個子音，而子音後面跟著的字母是「e」(i＋子

音＋e），則這個「i」就發長母音。例如：bite[baɪt]（咬）、slide[slaɪd]（滑動）、mine[maɪn]（我的）。（和2.「e」的最後一個規則相參照。）

4.「o」母音的發音大致規則

★ 在一個單音節的單字中，如「o」後面緊跟著兩個子音，此時「o」就要發長母音。例如：old[old]（老的）、roll[rol]（滾動）、most[most]（最高程度的）。

★ 如果在一個單字中，「e」是單字的結尾，「o」後面跟著一個子音，而子音後面跟著的字母是「e」（o＋子音＋e），則這個「o」就要發長母音。例如：mole[mol]（痣）、rope[rop]（繩）、role[rol]（角色）。（和2.「e」的最後一個規則相參照。）

5.「u」母音的發音大致規則

★「u」的長母音發音比較特別，並不是字母本身的發音（唸起來像「you」），長母音唸起來像是「oo」（有點像是「勿」的發音）。例如：blue[blu]（藍色），聽起來像是「布露勿」，而不是「布＋ㄅ＋一＋ㄩˋ」。

★ 如果在一個單字中，「e」是單字的結尾，「u」後面跟

著一個子音，而子音後面跟著的字母是「e」（u＋子音
＋e），則這個「u」就發長母音。例如：flute[flut]（長
笛）、Luke[luk]（人名：路克）。（和2.「e」的最後一
個規則相參照。）

　　如之前說過的，英語發音不像數學有個「一加一等於二」
的公式，但還是有一些發音規則可以參考，雖然例外情況在所
難免，不過這些規則仍可以幫助大家在學習發音時能夠更容易
上手。

發音示範與練習

除了熟悉這些規則外，最重要的還是要多聽母音的發音，尤其是長母音以及短母音的發音。在唸這些單字的時候，多用心去體會其中的不同，自己更要試著多唸唸看：

aim[em]（瞄準）、hat[hæt]（帽子）

leaf[lif]（葉子）、egg[εg]（雞蛋）

pine[paɪn]（松樹）、picture[`pɪktʃɚ]（照片）

cone[kon]（圓錐體）、sock[sɑk]（襪子）

flute[flut]（長笛）、truck[trʌk]（卡車）

這樣一比較，你是不是更清楚長母音及短母音的差別了呢？記得，除了把大致的原則了解清楚，剩下來的就是要親身體會，多聽多唸多比較才能幫助你牢記這些母音發音的差別。

05 子音的唸法

　　接下來要介紹有關子音的規則，可參照p.12提到的「子音＋母音＋子音＋e」的發音，不過這邊主要是針對子音在結尾的發音規則。

1.結尾的子音發音要「輕」

　　想要發出標準的美式發音，記得單字最後面的子音要發氣音，別再把它發得那麼重了，要發氣音、氣音、氣音！

　　也不知道是學校教的，還是個人習慣、中文發音影響，又或是只因為大家都這麼唸所以就跟著唸，很多臺灣朋友會把子音唸得很用力，尤其是單字最後面的子音，總是唸得很用力。因為是在最後面，如果一旦唸得很用力，聽起來就會特別明顯。

　　字母最後面的子音，請務必發成氣音！像是在唸「food」[fud]（食物）的時候，最後面的子音「d」請輕輕發成氣音，而不是重音。如果發成重音的話，這個單字聽起來會像是「負＋的」（最後面的「d」發成了重音，所以聽起來像是「的」）。這個字不是「負的」、也不是「正的」，聽起來應該是「負＋ㄉ（輕音，聲帶不振動）」。「d」在這裡的發音是輕聲細語的「ㄉ」（聲帶不振動）。想像一下用悄悄話說「我的」的「的」，那就是正確的輕音，而且發這個輕音只需要很短的時間。

子音結尾的單字有很多，務必記得要發成輕音。一開始可能會改不過來，但只要一次次提醒自己，就會變成習慣。

2.結尾的子音發音要「清」

上一個規則是要把結尾的子音發成輕的氣音。但是請注意，是發成氣音，不是不發出來，該發清楚的子音也要清楚的發出來，聽的人才不會誤解你的意思。

臺灣朋友常常不是把子音發得很重，就是乾脆不發子音，無法掌握恰到好處的「子音的氣音」。曾經有朋友對我說，他一聽我講英語就知道我出過國留學，因為我把一些子音的發音交代得很清楚，該發的音都恰到好處的發出來。把子音正確的發出來，不僅會讓你的英語發音更標準，更可以避免產生許多誤會。

子音發成氣音的機率很高，尤其是當動詞變形的時候常會運用到。打個比方，spend[spɛnd]（買）的過去式是spent[spɛnt]，如果結尾的子音沒有發好，現在式或過去式就很容易搞混。另外，像focus（專注）跟focused（專注的過去式）這類在動詞後面加「ed」的字很多，若不把結尾「ed」的發音交代清楚，現在式或過去式就會搞混。

當然，也許這不是個超級大的問題，就算發音錯了，別人

也聽得懂。打個比方，你要說「I will spend 100 dollar when I go shopping today.」（我今天會花 100 元逛街。）但是你把「spend」的尾音發成了「t」的音，因此變成了「I will spent 100 dollar when I go shopping today.」。這句話別人還是聽得懂，但聽的人肯定會覺得你對英語的了解不夠，因為「will」的後面應該是原形動詞，因此是「spend」而不是「spent」。這道理也許你懂，不過因為發音不正確的關係，造成別人覺得你英語程度不是很好，這實在是太不划算了。

有時發音有問題不只會扣分，甚至會鬧出笑話。打個比方，今天你要說「I love food.」（我喜歡美食。）其中「food」這個單字的「d」，在第三個規則中教過大家，要發成氣音的「ㄅ」音。再次提醒，氣音不代表可以草草發音、或是不發出音來喔！因為當你「food」後面的「d」沒有發音、或是發音不標準，被誤以為是發「t」（ㄊ的氣音）時，「food」這個單字就變成了「foot」（腳底板）了！原本要跟別人說自己喜歡吃美食，這時候卻變成了「I love foot」（我喜歡腳底板了）！

另一個例子是「heart」（心）這個字，如果沒有把結尾的「t」發成「ㄊ」的輕音，或者是發音不標準、把「t」發成了相近的「d」音，此時「heart」這個單字聽起來就會變成「hard」（難）這個單字。

　　這一單元主要是要提醒大家，每一個發音都有它自己獨特、重要的地位！雖然有些發音不當無傷大雅，像是你說「I spend 100 dollar yesterday.」（我昨天花了100元。）其中的「spend」是「買」的現在式，如果是「昨天」發生的事，應該使用過去式的「spent」。不過因為「d」跟「t」的發音相近，加上在句尾說了「yesterday」，所以即使說錯了，別人也知道這是過去的事。但是這畢竟是錯誤的唸法。臺灣朋友經常會忽略這些小細節，諸如此類的發音都會將錯就錯的隨意發音，養成這樣的習慣是不好的，一定要改過來唷！

發音示範與練習

以下是子音結尾的單字：

around

book

cat

cup

dog

egg

foot

great

hat

jet

food/foot

hard/heart

send/sent

spend/spent

Part 2

常見的發音錯誤

06

[æ]

　　蝴蝶音[æ]，大家應該不陌生，甚至可以說它應該算是臺灣朋友頭幾個接觸到的音標吧？a是26個字母裡的第一個字母，說它是大家第一個會接觸到的發音一點也不為過，在學英語的過程中，大家應該都經歷過「a、a、a～Y、Y、Y（壓低喉嚨發聲）～ apple ～」的那段日子吧？

　　在說中文的時候，如果發「ㄕ」的音有捲舌，就會給人一種說話字正腔圓的感覺。而在說英語時，如果發蝴蝶音能標準的發出來「Y」（壓低喉嚨發聲，嘴巴形狀有點壓平，往兩側延展開），對我來說就有點像是英語版的字正腔圓了！

　　要發好這個音其實很簡單，只要抓到訣竅就行了。不過因為發蝴蝶音的嘴形有點誇張，有些人可能覺得把這個音刻意發得太標準有點做作，就像是在臺灣講中文時把ㄓㄔㄕㄖㄗㄘㄙ發得太標準，也會使人覺得聽起來有點不自然（但在中國，這就是很稀鬆平常的事）。但就我的觀點，只要拿捏好分寸，把這個蝴蝶音發得標準，絕對可以讓你在說英語時大大加分。

　　在正式進入蝴蝶音的發音教學前，有一件事想先告訴大家，如果你也有這個習慣，請盡量改過來。近年來智慧型手機非常普及，幾乎人手一支，手機中的應用程式也是大家經常討論的話題。大家對「應用程式」的英語應該都不陌生，那就是「app」。只是臺灣朋友不把「app」當成一個單字來唸（唸成單

字時應該是「ㄚ〔壓低喉嚨發聲〕＋ㄆ〔氣音發聲〕」），而是都把這三個字母拆開唸，變成了「a-p-p」（聽起來像是「ㄟ批批」）。日常生活中常可聽到：「你有沒有去下載那個ㄟ批批啊？」、「他電話沒接～我來ㄟ批批他好了。」諸如此類的對話。

　　還記得我剛回臺灣的時候，因為要跟老朋友敘舊，飯局比較多。聚會的尾聲常會聽到別人對我說：「妳應該有ㄟ批批吧？那我們ㄟ批批連絡唷～」當時我實在無法意會到「ㄟ批批」的意思，心想大家應該說的是Whatsapp那個聊天應用程式吧？其實這樣唸這個單字，也滿有臺灣的親切感的，而且也許在臺灣就是需要把它唸成「ㄟ批批」而不是「ㄚ（壓低喉嚨發聲）＋ㄆ（氣音發聲）」，大家才聽得懂。可是如果你在國外跟人家說「a-p-p」，沒有人會知道你在說什麼。老外應該會匪夷所思的看著你，直到你指著手機螢幕狂說「ㄟ批批、ㄟ批批」，他可能才會驚覺原來你說的是手機應用程式「app」。

　　說得更詳細一點，這個「app」[æp]（手機應用程式）發音的時候會使用到蝴蝶音，唸起來應該像是「ㄚ（壓低喉嚨發聲）＋ㄆ（氣音發聲）」。在臺灣，大家常常把蝴蝶音發得很輕，輕描淡寫的就帶過去，或是直接把蝴蝶音發成了其他相近音如：[e]或是[ɛ]。但蝴蝶音就是蝴蝶音，想要發得標準的讀

者，不妨試著把它發得誇張一點，把嘴形壓平往兩側延展，用壓扁的聲音去發這個蝴蝶音，避免蝴蝶音被發得不清不楚。

以「app」為例，很多人都沒有使用蝴蝶音去發這個字，因此聽起來會變成「ㄟㄟ（很像在叫人的「ㄟㄟㄟㄟㄟㄟ」）＋ㄆ」，輾轉變成了[e]或是[ɛ]的發音。這個沒發清楚的蝴蝶音把應用程式這個單字變成了「ape」[ep]（猿、猩猩）的意思了（很多人對這個字很熟悉，是因為那個logo上有隻猩猩的潮牌服飾）。

想想看，假設你今天想問朋友說「Hey, where did you find that app?」（喂，你在哪裡找到那個應用程式的？）如果「app」沒有使用蝴蝶音，就會變成了「ape」，整句話的意思也就變成了「Hey, where did you find that ape?」（喂，你在哪裡找到那隻猩猩的？）也許當下你的老外朋友聽得懂，因為你們之前的話題就是繞著手機應用程式打轉。不過那樣的發音畢竟不是正確的。所以記得，蝴蝶音要發成「ㄚ」（壓低喉嚨發聲，嘴巴形狀有點壓平，往兩側延展開），因此「app」的唸法是「ㄚ（壓低喉嚨發聲，嘴巴形狀有點壓平，往兩側延展開）＋ㄆ（輕輕發出氣音，聲帶不振動）」。

我們可以把蝴蝶音歸納成兩類：1.蝴蝶音在前面；2.蝴蝶音被夾在中間。但不論出現在哪哩，只要把握住基本規則「ㄚ

（壓低喉嚨發聲，嘴巴形狀有點壓平，往兩側延展開）」，這樣就不會發錯了！

1.蝴蝶音在前面時

　　前面說的「app」是一個蝴蝶音在單字最前面的好例子，但是蝴蝶音出現在前面的機率比在中間小很多，大部分的蝴蝶音會出現在單字的中間。而且我要提醒大家，並不是a在單字最前面就要發蝴蝶音唷！它經常發成[ə]「ㄜ」的音（如：agree、afraid、arrange等等）。

　　現在會講到「apple」[`æpl]（蘋果）這個字不見得只有在吃水果的時候，這個單字也是美國知名電腦以及手機大廠「Apple」的名稱！但臺灣朋友大多沒有把嘴巴跟喉嚨壓低去發蝴蝶音，而是把蝴蝶音發成接近[e]或是[ɛ]的音，因此這個字聽起來就變成了「ㄟ一剖」或是「ㄟ剖」（可以參考p.31）。

　　「app」其實是「application」的衍生字，試著發音看看，如果沒有使用蝴蝶音發「application」這個單字，是不是比較不像美式發音呢？或者比較口語的字眼「ass」[æs]（屁股），發起來應該是「Y（壓低喉嚨發聲，嘴巴形狀有點壓平，往兩側延展開）＋ㄙ」，如果沒有正確發出蝴蝶音，聽起來像「ㄟ＋ㄙ」，這個單字就會變成「ace」[es]（撲克牌中的A）。

2.蝴蝶音夾在中間時

　　當蝴蝶音被夾在中間時，發音原則不變，一樣是壓低喉嚨發聲，嘴巴形狀有點壓平，往兩側延展開去發音。以「bad」[bæd]（壞的）這個單字為例，中間的a是發蝴蝶音，可是很多人因為嘴形沒有往兩側延伸、聲音也沒有壓著去發音，因此變成了[e]或是[ε]這兩個相近音。「bad」[bæd]原本聽起來應該是「ㄅ＋Y（壓低喉嚨發聲，嘴巴形狀有點壓平，往兩側延展開）＋ㄉ」，若說成「ㄅ＋ㄟ＋ㄉ」，就變成了「bed」[bεd]（床）。原本你想跟朋友說「Frank is a bad friend.」（佛蘭克是個壞朋友。）發音沒有發好，就變成了「Frank is a bed friend.」（佛蘭克是個床朋友。），一個發音的誤會，讓人有無限的遐想空間。

　　再舉另外一個例子，「bat」[bæt]（球棒、蝙蝠）這個字中間的母音也是蝴蝶音，聽起來應該是「ㄅ＋Y（壓低喉嚨發聲，嘴巴形狀有點壓平，往兩側延展開）＋ㄊ」。但如果一不小心沒有發好，變成了相近的[e]或是[ε]音，聽起來像是「ㄅ＋ㄟ＋ㄊ」，就會變成了「bet」[bεt]（打賭）。

　　所以發蝴蝶音時，一定要壓低喉嚨發聲，把嘴有點壓平往兩側延展開，下巴也要往下延伸。發蝴蝶音的時候，舌頭會平放，碰到下排牙齒。蝴蝶音是一個很好上手的音，只要好好練

習，便可輕鬆發揮，幫你的美式發音大大加分。千萬要記得，很多人都會不小心把蝴蝶音 [æ] 發成了 [e] 或 [ɛ]，發音模糊不清不標準就罷了，弄錯了原本要表達的意思那就不好了。

發音示範與練習

以下是蝴蝶音與非蝴蝶音容易搞混的單字組合：

back/bake

black/blake

cap/cape

cat/Kate

hat/hate

Mac/make

mad/made

pad/paid

snack/snake

07

[ε]&[e] 、 [ɪ]&[i]

　　還記得剛到美國的時候，我最怕做兩件事。第一件事就是用電話跟別人講英語，例如打電話叫外賣、打去銀行詢問帳號問題或其他需要透過電話溝通的事等，總是會讓我很緊張。畢竟那時我的英語不是很好，平時跟別人溝通對話需要用到肢體語言及臉部表情才能夠完整表達。使用電話溝通的時候，肢體語言及臉部表情完全派不上用場，無法比手畫腳去表達一些表達不來的事，想達到溝通的目的就格外考驗我的英語對話能力。

　　第二件會讓我很怕的事就是到餐廳點餐，尤其是看著沒有圖片的菜單，總是讓我不知所措！不要說臺灣人了，我相信很多美國人看菜單常常也會「霧煞煞」，因為美國是個很國際化的國家，什麼人種都有，所以在美國餐廳的菜單上常會有很多外來語。還好我臉皮厚，不懂就問、問了聽不懂就算了，漸漸就不怕到餐廳看菜單點菜囉！可是我有個朋友生性特別害羞，到餐廳點菜一直都是他的死穴，每次點菜時總是很緊張。

　　記得有一次到餐廳，他點了一碗濃湯，之後他跟服務生要了黑胡椒，想加到湯裡面。原本他應該是要說「May I have some pepper?」（我可以要一些胡椒嗎？）可是不知道是不是太緊張了，他把「pepper」[ˋpɛpɚ]（胡椒）發成了「paper」[ˋpepɚ]（白紙）。好笑的是，那位服務生還很好心的反問我朋

友說：「Did you mean pepper?」（你是說胡椒嗎？）事後想想，其實不只有我朋友太緊張導致發音不標準，實在是大家常常把[e]及[ε]的發音搞混，因此造成不少誤會。

在p.31時曾提到，[e]是長母音，顧名思義就是這個母音應該要發得長一點，它的發音應該是發「ㄟ」音後馬上再發出「ㄧ」的音，因此是「ㄟ＋ㄧ」的音。而[ε]是短母音，所以發音比[e]這個長母音短，只有「ㄟ˙」的音而已。

回到剛剛說的「pepper」[ˋpɛpɚ]（胡椒）及「paper」[ˋpepɚ]（白紙）的發音。「pepper」的母音應該是短母音的[ε]，是簡潔有力的「ㄟ˙」一聲，因此聽起來會像是「ㄆㄟ˙＋ㄆㄜ˙＋ㄦ」，而不是「ㄆㄟ＋ㄧ＋ㄆㄜ˙＋ㄦ」。一旦在「ㄟ」的後面加了「ㄧ」的音，就會變成「ㄟ＋ㄧ」的音，就會變成了白紙「paper」的那個長母音[e]囉！

基本上，母音被夾在子音中間是很常見的，[e]及[ε]這兩個母音也不例外。但這兩個母音也會出現在單字最前面。不過切記，不論出現在一個單字的最前面或是中間，這兩個母音一個是短母音、一個是長母音，一定要分清楚，不然真的會不小心讓人會錯意。

至於出現在單字前面也不例外！打個比方，age[edʒ]（年齡）及edge[ɛdʒ]（邊緣、優勢）兩個字，一個的母音是[e]，另

一個母音是[ε]。「age」聽起來是「ㄟ＋一＋舉」，而「edge」聽起來是「ㄟ˙＋舉」。一個有「一」音，因此聽起來會是長音，另一個沒有「一」的則是短音。如果長母音發音不正確，很容易會造成誤會。原本要問「What is your age？」（你幾歲？）結果母音沒有發成長音，聽起來就變成了短音，所以就變成了「What is your edge？」（你的優勢是什麼？）

雖然這兩個音很接近，但還是有幾個要訣可以幫忙你分辨。1.[ε]的發音比[e]短；2.[e]的音後面有個「一」的音，[ε]後面沒有「一」音；3.發[ε]音的時候，嘴巴張開，但不用刻意向兩側延展，但是發[e]音的時候，嘴巴要從[ε]音變到[i]音，所以嘴巴會呈現「扁平」的感覺，向臉頰兩側延伸。

另一組容易造成混淆的長短音發音就是[i]跟[ɪ]了，兩個都發「一」的音，可是一個是長母音、一個是短母音。單看KK音標你可能有點陌生，不太清楚會造成誤會的原因。但現在請你回想一個非常簡單的單字：「beach」[bitʃ]（海灘），大家對這個單字應該不陌生吧？請注意，這裡的[i]發的音是長音，「一」的音要拉長一點，不可以發成短短的「一˙」。因此這單字聽起來應該像是「逼＋一＋娶（氣音）」，後面的「一」拉長。但是臺灣很多朋友[i] 跟[ɪ]長短音分不清，「beach」應該要發長音，結果發成短音的[ɪ]，聽起來只有

「一‧」的短短一聲，這時候這個單字就變成了「bitch」[bɪtʃ]（潑婦），聽起來接近「逼（發音很短）＋娶（氣音）」。我相信在日常生活中大家常常會鬧出這樣的笑話，明明就是要說「I love beach.」（我愛海灘。）結果發音不標準，發成了「I love bitch.」（我愛潑婦。）。我也有外國朋友會拿「beach」跟「bitch」玩諧音遊戲開玩笑，可見這個兩個長短音的發音非常接近，需要特別注意。

另外一個有趣的錯誤是，有個學生想跟朋友炫耀說「My family owns a ship.」（我家擁有一艘船。）這裡的ship[ʃɪp]（船）應該是發短音的「一‧」音，聽起來像是「續＋ㄆ（氣音）」。但是他不小心拉長了這個母音，聽起來接近「續＋一＋ㄆ（氣音）」，就成了長母音的「sheep」[ʃip]（羊）。因此這句話變成了「My family owns a sheep」（我家擁有一頭羊。）原本是要炫耀家裡有一艘船的，卻講成了家裡有一頭羊。

其實「一」的發音除了長跟短的差別之外，最重要的還有舌頭的發音位置！因為[i]是「緊張音」，而[ɪ]是「放鬆音」。現在再試試看發「ship」[ɪ]以及「sheep」[i]，你會發現你在唸「ship」[ɪ]的時候，舌頭會往後面縮、下巴也會往下降，嘴巴只需要稍微張開即可，發音的時候會比較快、比較「鬆」。相反的，唸「sheep」[i]的時候，舌頭兩側會用力的壓迫到上排內側牙齒，舌

頭表面會貼近上顎，發音時氣流會從舌頭與上顎間竄出來，嘴形
會呈現扁平狀，兩頰會往兩側延伸，所以發這個音比較需要使
力，比較「緊」。多聽多唸，就會抓到其中的技巧囉！

發音示範與練習

以下是長母音與短母音容易搞混的組合：

[ɛ]&[e]	[ɪ]&[i]
met/mate	chip/cheap
pen/pain	fill/feel
ran/rain	fit/feet
ret/rate	hit/heat
sell/sail	lick/leek
test/taste	mill/meal
tech/take	sin/scene
tell/tail	slip/sleep
wet/wait	

08
[o]&[ɔ]

　　不知道大家對英式英語的發音熟悉嗎？英式英語唸「a」時，聽起來像「o」，像是「what」，英國人會唸成「whot」，聽起來像是「握＋ㄊ（氣音）」；而美式英語會把「what」唸得像是「襪＋ㄊ（氣音）」。但是英式英語這個「o」不是發[o]的音，而是發[ɔ]這個音，有點像回答別人的時候，帶點呆滯，嘴巴不閉起來的表情說「ㄛ、是ㄛ」的那個「ㄛ」音。中間「握」跟「襪」的發音，請大家先感受一下、稍微體會一下中間的差異。

　　言歸正傳，很多臺灣朋友會把[o]跟[ɔ]的發音搞混，因為這又是一對非常相近的音，如果沒有刻意提出來比較，可能自己都不會注意到原來發音一直是錯誤的。但其實一個是長母音、一個是短母音，兩個音的差別很大！（如果對長短母音還不了解的，請參考p.30。）

　　先講講大家常常會唸到的單字：「coffee」[`kɔfɪ]（咖啡）。也許你會納悶，這個單字的唸法有什麼難的嗎？沒錯，其實它的唸法一點都不難，但大多數的人都沒有把這個單字唸標準，往往會把[ɔ]的音唸成了[o]，因此聽起來變成了[kofɪ]，類似「摳＋ㄈㄧˇ」的發音。但是它並不是「摳」的音唷，唸成[o]是錯誤的，在這裡應該要發的音是[ɔ]。嚴格來說，「coffee」的「o」是短母音，如果發成「摳」的音，就變成長母音了。

　　用這個單字當例子，也許你感覺沒那麼深刻，但是如果換另一個單字，你就會知道發音如果沒有發好，可是會造成誤會的喔！記得以前我還住在寄宿家庭時，有一次我跟寄宿家庭的小女孩在客廳玩扮家家酒，我跟她說：「Can you pass me the bowl?」，之後她起身去另一端拿了一顆球給我。我心想奇怪，我明明就是要她旁邊的碗，為什麼她給我球？我再次跟她說：「Can you pass me the bowl?」並且指著她旁邊的碗。可愛的她很直接的糾正我：「Regina, this is a bowl not a ball!」原來是我把「bowl」[bol]（碗）發成了「ball」[bɔl]（球）的音，難怪她拿了一顆跟扮家家酒沒關係的球給我。話說回來，跟小孩一起玩真是個不錯的英語學習方式，他們講話比較慢，而且也不會不好意思糾正你，相反的，他們很直接！

　　現在來看看另一種狀況。有一個女學生愛慕班上的一位交換學生，就快要畢業了，因此班上辦了畢業旅行，其中一個行程是去高空彈跳。這位膽子很大的男同學參與了這項活動，而這位女學生覺得這位男同學很勇敢，想藉此機會拉近跟這位男生的距離，鼓起了勇氣走向前跟他說：「You are bold!」期待這位男同學熱情的回應，並跟她多聊幾句。不過奇怪的是，這位男同學原本精神奕奕的，此時卻臉色一變，傻笑了一下就掉頭走了。為什麼呢？原來她把「bold」[bold]（勇敢）唸成了

「bald」[bɔld]（禿頭）了。因此這句話就成了「You are bald!」（你是禿頭。）別說拉近距離了，這個發音的小錯誤反而造成了不必要的誤會。

再講講生活中大家常常犯錯的發音，甚至是我自己以前也常搞錯的單字。「cost」[kɔst]（花費）是個常會用到的單字，就讀商學院的我更是經常用到這個單字。不過我觀察到，很多臺灣朋友會把[ɔ]音發成[o]音，因此這個單字就變成了「coast」[kost]（海岸）。或者相反的，把常會用到的「east coast」（東岸）或是「west coast」（西岸）其中「coast」這個單字，沒有發好中間的[o]音，因此變成了[ɔ]音的「cost」。

講到這裡，不知道大家對[o]及[ɔ]音之間的區別有沒有比較深刻的認識？在發[ɔ]的發音時，嘴巴放鬆，稍微張開呈圓形的，重點是嘴巴張開後保持形狀不變，不要閉起嘴巴。而[o]因為是長母音，它的音比較偏向是「ㄡ＋ㄨ」，就好像是在唸字母「o」一樣的去唸它，其實並沒有那麼難。中文裡面也有「ㄡ」及「ㄛ」的音，不像其他音在中文裡比較少用到，所以大家比較容易發音偏差或錯誤。對於[o]及[ɔ]的發音訣竅，除了提醒自己長短母音的差別外，更重要的是平時應多注意哪些單字應該發[o]、哪些應該發[ɔ]。

發音示範與練習

以下是長母音與短母音容易搞混的組合：

boat/bought

coast/cost

coat/caught

low/law

pose/pause

roll/raw

so/saw

told/taught

toast/ tossed

woke/walk

09

[ʌ]&[ɑ]&[ə]

在美國當留學生，有一個絕大的好處就是，只要存點錢，可以四處去美國境內的景點參觀遊玩。每次到了春假或感恩節假期，同學們總是各奔東西，去不同的地方玩。而在出發前，大家通常會碰個面聚餐。

有一年在放春假前，我跟幾個朋友聚餐，不免俗的在聚會結束之前互相道別、講幾句如「旅行平安」、「一路順風」、「好好玩喔」等等道別語。有一位朋友開口跟大家說：「大家這次旅行一路順風、海放喔～！」你知道他在說什麼嗎？他口中的「海放」就是「have fun」（在美國經常用到 have fun 這個詞，意思是「好好玩」、「享受美好時光」的意思）。但他不僅「have」的子音 [v] 沒有唸出來，還變成了「海」的發音（可參見 p.10「發音的原則」），重點是他還把「un」的音直接用「ㄤ」來取代，因此「have fun」變成了「海放」。

其實，這裡的問題主要是「u」[ʌ] 的音，這個音發起來應該像是「ㄜ」然後有很淺很淺的「ㄚ」音，但是有的人常把 [ʌ] 的這個音直接發成相近的 [ɑ]，變成很直接的、毫無保留的「ㄚ」音。拿「fun」[fʌn]（樂趣）這個字來說，原本應該是「ㄈ＋ㄜ（帶點淡淡的ㄚ音）＋ㄥ（使用鼻音）」的發音，變成了「ㄚ」音，因此聽起來變成了「ㄈ＋ㄚ＋ㄥ（使用鼻音）」，偏向「ㄈ＋ㄤ」，也就是「放」的音。

　　[ʌ]這個母音，基本上它都出現在單字的中間，比較少出現在單字最前面或是最後面。臺灣朋友在發[ʌ]的音時，總是把它發得很「ㄜ」，就好像真的是在講中文時發注音符號裡的「ㄜ」音一樣，完全沒有用到說英語時該有的技巧，因此，英語講起來就不標準。

　　也有一些人甚至把[ʌ]發成有點像是[ɑ]「ㄚ」的音，嚴重的人還會把這個「ㄚ」的音發得很用力，還把這個音拉得很長，而這樣的發音則會散發出濃濃臺灣人道地的氣魄以及親切感。我再次強調，臺灣人的發音很有自己特色、也很有親切感，不過如果想要讓發音像美國人一樣，就要試著做一些改變，好讓自己的英語發音更標準一些。

　　回到一開始提到的「海放」，仔細想想，這唸法是否很「local」，一點都不美國？我再舉其他單字為例，去夜店是許多臺灣大學生不可或缺的活動，因此使用到「clubbing」[ˋklʌbɪŋ]（去夜店）這個單字機會非常多。在唸這個單字的時候，發起來應該像是快速唸出「ㄎ＋ㄅ＋ㄜ＋餅」。這裡「ㄜ」的音，不能像是讀注音符號那樣的唸出「ㄜ」音喔，而是要稍微壓低喉嚨，讓聲帶輕輕振動去發出「ㄜ」的音，並帶入很淡很淡的「ㄚ」音（切記，很淡的「ㄚ」音就好！如果拿捏不好，寧可只發「ㄜ」音）。可是很多臺灣朋友會把這個單字發成「ㄎ＋

拉＋餅」，我還聽過有人把「Ｙ」音發得很長，變成了「ㄎ＋拉～＋餅」！而且每個音節都很清楚，發成了三個斷斷續續的音──「渴、拉、餅」，聽起來就是不像美國人講的英語。

發[ʌ]這個音需要用到喉嚨，而且聲帶要稍微振動，帶點很淡很淡的「Ｙ」音（切記，很淡！）。有點像是猶豫時發出的「ㄜ……」（思考中）那種聲音。可是，這麼簡單易懂的發音，在臺灣卻常被發成了「Ｙ」的音。還有很多單字如「rub」[rʌb]（摩擦），聽起來像是「乳＋ㄜ＋ㄅ」，可是大家往往把「ㄜ」發成了「Ｙ」音，因此聽起來變成了「乳＋Ｙ＋ㄅ」（像是臺語發音的「熱」＋ㄅ，有如「乳＋Ｙˋ＋ㄅ」的發音）。

另一個單字「luck」[lʌk]（運氣），聽起來應該像是「ㄌ＋ㄜ＋ㄎ」。可是「ㄜ」大家常常發成「Ｙ」，因此聽起來變成了「辣＋ㄎ」（尾音一唸重，又變成是「辣渴」）。還有像是「pub」[pʌb]（酒吧），聽起來應該是「ㄆ＋ㄜ＋ㄅ」，卻常被發成「怕＋ㄅ」。

再次強調，把[ʌ]音發成「Ｙ」音完全是錯誤的，請記得要發「ㄜ」，避免發「Ｙ」的音，一定要提醒自己！（「ㄜ」音的尾巴可以帶很淡很淡的「Ｙ」音最好，但如果掌握不到技巧，寧可純發「ㄜ」音，也不要發「Ｙ」音！）

另外跟[ʌ]的發音有點像的是[ə]，大家常會把這兩個音搞

混。這兩個音真的很像，會搞混也是在所難免，但其實這兩個音的區別簡單易懂，就是[ə]的發音比[ʌ]輕。如果[ʌ]的發音是「ㄜ」音的話，那麼[ə]的發音就是「ㄜ˙」音（加輕聲，發音更短的感覺），而且[ə]完全沒有「ㄚ」的音。這兩個母音出現的地方大不相同，[ʌ]大多出現在單字中間，而[ə]大多出現在單字最前面。[ə]的發音，最常見的錯誤就是發音發得太長，其次就是把有些單字的[ə]發成[ɑ]的「ㄚ」音，或是[o]的「ㄡ」音。

1.[ə]發音不可拉太長

剛剛提到，[ə]大多出現在單字最前面。像是「afraid」[ə'fred]（害怕的）這個單字，前面的[ə]音應該是輕輕的、快速的發出「ㄜ˙」音，可是大家常會把它拉得太長，變成了「ㄜ」。請試著唸「afraid」，第一次唸請把「ㄜ」音發成一秒，第二次唸的時候「ㄜ」音發成0.3秒。第二次是不是比較簡潔有力呢？這個簡潔有力的輕聲才是[ə]的發音唷！

2.[ə]誤唸成了[ɑ]的「ㄚ」音，或是[o]的「ㄡ」音

相信大家對「o' clock」[ə`klɑk]（……點鐘）這個單字都不陌生，不過這個「ㄜ+ㄎ+ㄌㄚ+ㄎ」（有點像是「ㄜ可蠟可」）的發音，有些人把短的「ㄜ」音發成了[o]的「ㄡ」，變

成了「ㄡ可蠟可」。記得我小時候，英語老師就是教我發成 [o] 的音，但這是錯誤的喔！而前面提到的「afraid」，除了把 [ə] 發成長音的「ㄜ」音外，還有人會把它發成了 [ɑ] 的「ㄚ」音，這也是錯誤的！ [ə] 這個音就是應該發成簡潔有力的輕聲才是正確的！

如果你現在還是有一點「霧煞煞」，再來看看一個很明顯的比較組：「done」[dʌn]（結束）跟「down」[daʊn]（向下）這兩個單字的發音，一經比較就會很清楚了。在臺灣，大家很常把「done」的發音唸成了「down」的音。考試時寫完考卷應該說「I am done」（我寫完了），「done」聽起來應該像是「瞪＋ㄥ」，[ʌ] 要發「ㄜ」音，但一把 [ʌ] 的「ㄜ」音發成了「ㄚ」音，就會像是「down」接近「盪」的音，於是這句話這樣就變成了「I am down」（我糟糕了）。

[ʌ]&[ɑ] 的發音，有些人會用長短音來區別，但主要關鍵是發音的嘴形！發 [ʌ] 時嘴巴微微張開即可，但是發 [ɑ] 的時候必須要把嘴巴張大、下巴往下壓低。至於 [ə] 的發音則是簡潔有力的輕聲。總之，在臺灣很多人都把 [ʌ] 或 [ə] 誤發成了「ㄚ」的音，切記，不是「ㄚ」的音！一定要把這個習慣改過來。

發音示範與練習

以下是[ʌ]與[ɑ]容易搞混的單字組合：

cup/cop

cut/cot

duck/dock

fug/fog

gut/got

hut/hot

luck/lock

nut/not

rub/rob

stuck/stock

suck/sock

10

[ʊ]&[u]

很多人可能認為所有單字裡的「oo」音都把它發成「ㄨ」的音就對了，老實說，大部分的人還是聽得懂，但有時候發音錯誤可是會讓意思變得不同喔！我得承認，這個發音我自己偶爾也會搞錯，因此除了向大家倡導正確發音外，我也要提醒自己不可以再發錯！

相信大家對「book」[bʊk]（書本）這個字並不陌生，不過這個單字的正確發音卻是比較進階、需要「用心」去體會的發音。記得我小時候，大家唸「book」這個字的音聽起來都像「不可」的發音，中間的「ㄨ」音是�‎起嘴巴、用力的發音。長大後才知道這樣的發音是錯誤的！臺灣朋友可能對[ʊ]的發音不太熟悉，因為大部分中文的音都需要用力去發，可是[ʊ]音只需要用放鬆的方式去發音。講到這裡，你可能還是有點搞不懂，請繼續看下去，你就會知道這個發音有多重要，若沒有發好可能鬧出笑話來。

也許是因為在中文中，大部分的音都需要稍微用一點力去發音，因此大家在英語發音時也會用重音的發音方式。據我的觀察，很多臺灣朋友會把[u]跟[ʊ]音搞混，大部分的人比較會發[u]的音，發得比較標準，卻常把[ʊ]的音當成[u]音來發。前面說過，[u]的音需要噘起嘴巴嘟著嘴發「ㄪ」的音，而[ʊ]則是不需要用力、只需要輕鬆唸出「ㄪ」音即可。不過不知道為

什麼，大家反而不會發「輕鬆」的音，不管什麼音都用力發。

有一天我跟我最好的朋友去吃大餐，前菜、主菜、甜點、飲料一堆有的沒的，吃到我連腰都挺不直了！我撐著我的腰、轉過身跟我好朋友說：「Man, I am so full!」這時候他愣了一下，之後笑笑的糾正我說：「妳是要說很飽的full吧妳？」之後我才發現我把「full」[fʊl]（滿的、吃飽的）發成了「fool」[ful]（傻瓜）的音。原本要說「我好飽」，卻變成了「I am fool」（我是傻瓜）。就在我吃得很飽、恍神的狀態下，我發音錯誤，叫了自己傻瓜！

除了我自己犯過的錯誤、把自己叫成傻瓜外，我也常聽到大家發錯的單字發音還有門把上面的「push」[pʊʃ]（推）跟「pull」[pʊl]（拉）。「push」中間的「ㄨ」音應該是要把嘴巴放輕鬆的去發音，不過大家往往都把這個發音發得很用力，因此聽起來會變成了「瀑許」的發音。這樣的發音雖然還是聽得懂，但就是比較有臺式英語的感覺。美式英語的發音聽起來應該是接近「頗噓」的發音。再次提醒，發中間的「ㄨ」音時應該把嘴巴放鬆，要有點恍神的感覺。

至於「pull」的發音也一樣，大家也都發得很用力，因此聽起來變成了「瀑ㄛ」，乍聽之下會誤以為是「pool」[pul]（游泳池）。正確的「pull」發音較像是「頗ㄛ」，發中間的「ㄨ」音

時不要刻意嗺起嘴巴用力，只需要微微張開即可。（提醒讀者，「1」要發音哨～這樣單字的發音才會完整，可參見p.89）

　　有些人說[ʊ]跟[u]的發音差別主要在於一個是長母音、一個是短母音。這也沒錯，[u]音要發長音，[ʊ]的發音相對較短，但我覺得這兩個音的發音不同之處主要在於嘴形！發[u]的音時，要用力的嗺起你的嘴脣、使嘴巴呈現嘟嘴狀，因為會使用到嘴巴以及下巴的肌肉，需要比較用力（好像要親嘴那樣）。臺灣的朋友在發「ㄨ」的音時會習慣性的把嘴巴嗺起來、稍微用力（甚至很用力），請注意，發[ʊ]音的時候，記得放鬆！放鬆你的嘴巴去發這個音才會標準喔！

發音示範與練習
以下是[ʊ]與[u]容易搞混的單字組合：
full/fool
look/Luke
pull/pool

以下是母音為[ʊ]或[u]的單字：
book
cook
clue
rude
two

11

[ɝ]&[ɚ]&[r]

　　不論是寫或說，我每天都會接觸到「r」這個字母，我一直都很喜歡這個字母的原因除了我的名字裡有「r」外，「r」的英語草寫也有種獨特的優雅感，很浪漫，讓我非常喜歡！抱歉，偏題了！

　　回歸正傳，其實我喜歡「r」的原因是它的發音訣竅讓英語初學者在發音上有很大的發揮空間。如果能好好學習「r」的發音技巧，初學者在剛開始講英語的時候，很簡單就能為自己的英語發音加分！「r」的發音可以幫助你在短時間內變得比較洋腔洋調，是個好上手的美式英語發音。好好運用它，可以在英語會話中輕而易舉的嚇唬到別人，讓別人覺得你對英語的了解很深，發音非常道地。

　　最近星巴克買一送一的促銷活動非常熱門。日常生活中，大家也常常相約喝咖啡，會講到星巴克或是「Starbucks」這個單字。不過臺灣朋友在唸「Starbucks」的時候，常常唸成「ㄙ＋搭＋霸＋ㄎ＋ㄙ」，而不是「ㄙ＋搭ㄦ＋霸＋ㄎ＋ㄙ」（中間有「ㄦ」音），中間「r」的發音往往沒有勇敢、大方的發出來。如果好好運用「r」的發音、抓到其中發音訣竅，就能輕易的說出標準的「Starbucks」。當你相約朋友或是同事去買咖啡時，就可以輕而易舉的散發出外國氣息。

　　而對進階英語學習者來說，「r」的發音更是重要。因為

「r」的發音不只出現在很多單字中，在文法中的運用也是相當廣泛！例如，在動詞轉換成名詞上，「r」的使用數量是你無法想像的！「work」是「工作」的意思，而在「work」後面加個「er」就變成「worker」，也就是「工人」的意思。「dance」是跳舞，而「dancer」就變成是「舞者」。其他還有：「run」變「runner」，「watch」變「watcher」，「play」變「player」，「paint」變「painter」，「jump」變「jumper」……還有太多太多在動詞或是名詞後面加「er」，就能把動詞／名詞變成了名詞的「……者」的用法！想想看，唸到「r」音的機會是不是不勝枚舉？

　另外一個常會用到「r」的發音是「比較級」的使用。打個比方，「He is tall」是「他很高」的意思，而「He is taller」就變成了「他比較高」。「She is thin」是「她很瘦」，而「She is thinner」是「她比較瘦」。其他還有：「great」變「greater」，「big」變「bigger」，「fast」變「faster」，或是「powerful」的比較級是「more powerful」，「peaceful」的比較級變成了「more peaceful」……（英語中這種單字使用實在是太多了，就不繼續舉例啦）。不過不管是在形容詞後面加上「er」，或是在前面加了「more」變成了比較級，兩個用法都會使用到「r」的發音。因為比較級的使用非常頻繁，所以「r」的發音也是無時無刻、

常在你沒注意之際運用到。

除了告訴大家正確唸好「r」發音的重要性，重點還是要指出臺灣朋友到底是哪裡出了問題，而無法把「r」的音發好呢？還有，應該如何掌握訣竅、發好「r」的音呢？就讓我們繼續看下去。

臺灣朋友在發「r」的音時，常常沒有很努力的把舌頭捲上來，甚至會把它發成偏向「l」的音。像是我的名字「Regina」，如果沒有把舌頭好好捲起來，聽起來會像是「旅居那」（我哪裡都不旅居，我定居臺灣啊！），還有人直接把「r」音發成了「l」音，因此叫我的時候變成了「里肌那」（真的讓我覺得好氣又好笑）！

其實發「r」音的訣竅非常簡單，就是請你大方的、有點做作的把你的舌頭捲起來，發出「儿」的音！聽起來像是你很用力的捲舌，字正腔圓的唸出中文的「兒」音。

先前曾提到「r」的發音分「r」在母音前面出現及「r」在母音後面出現。如果「r」在母音前面出現，會發偏向「乳」的音，而在母音後面的時候則會需要比較用力捲舌的發出「儿」音。而用力發「儿」音的時候，又會分成3個層級的捲舌程度，從最捲到最不捲順序為：1.[ɝ]（用力捲上去吧！）；2.[ɚ]（用力捲一半！）；3.[r]（稍微捲起來）。

1. 當「r」出現在母音前面時，捲起舌頭發「乳」的音，但不要太用力

　　當「r」在母音前面時，請記得它是「r」，而不是「l」（差別在於「r」的發音要捲舌，而「l」的發音不用捲）！所以記得要把舌頭捲上去發音。像是當你要唸「read」[rid]（閱讀）的時候，「r」在前面，所以要把舌頭捲起發出「乳＋一＋ㄉ」，記得要刻意捲起舌頭，不過也不用太用力的捲，這樣就可以發出來比較標準的音。如果沒有捲起，發音會從「乳」變成了「魯」，因此這單字會聽起來像「魯＋一＋ㄉ」（接近「綠的」）。或者是把「r」音發成「l」音後，就變成了「lead」[lid]（領導）了！這感覺就像是英語中的臺灣國語。

　　其實「r」在母音前面時，會看到的組合大概就是「r」配上母音的「a、e、i、o、u」。會使用到的發音也大概只有5種：「ra」、「re」、「ri」、「ro」、「ru」。「r」在最前面，發音時的舌頭是否需要放鬆，是依照後面跟隨的母音而決定。當「r」後面的母音是「a」、「e」、「i」時，舌頭放平即可；但是當「r」音後面跟著的是「o」跟「u」時，舌頭就需要繼續捲著。現在試著唸「read」，再唸「road」，是不是唸「road」的時候舌頭比較捲呢？

　　基本上，不管碰到哪一個母音，「r」在開頭的發音都應該像「乳」（舌頭稍微捲起），而不是「魯」。打個比方，在唸rose[roz]（玫瑰）的時候，應該是「乳＋ㄡ＋ㄙ」（也因為「r」後面跟著的是「o」，舌頭需要用力捲著），而不是「魯＋ㄡ＋ㄙ」。感覺出差別了嗎？

　　千萬不要把「r」音發成了「l」音喔，不然「rose」聽起來會變成「loss」[lɔs]（損失）了！或是唸rice[raɪs]（米），應該唸「乳＋ㄞ＋ㄙ」（因為「r」後面跟著的是「i」，舌頭還是要捲、但不要那麼用力）。如果沒有捲舌，聽起來會變「魯＋ㄞ＋ㄙ」，或是發成「l」音的「lice」[laɪs]（蝨子的複數）。

2. 當「r」出現在母音後面時，用力捲起舌頭發「ㄦ」的音

　　沒錯，當「r」出現在母音後面時，請用力把舌頭捲上去。捲起的程度可分3級，從最捲到最不捲的順序為：1.[ɝ]、2.[ɚ]、3.[r]。

　　從最不捲的開始，「important」[ɪm`pɔrtn̩t]（重要），裡面的「r」發音需要用到捲舌的「r」發音，請務必要發出來。「important」應該聽起來像是「im波ㄦtant」而不是「im波tant」（中間沒有「ㄦ」音）。

　　為什麼發出「r」的音那麼重要呢？設想一個女生，她在家庭聚會裡要介紹男朋友給大家認識，這女孩原本是要跟大家說「He is very important to me.」（他對我來說非常重要。），可是若她沒有把important中的捲舌「r」音發出來。此時important聽起來會有點像「impotent」[ˋɪmpətənt]（無能）。原本很感人的一段話，卻變成了「He is very impotent to me.」（他對我來說很無能。）我想這時候，女孩的父母一定很納悶，並對女兒的幸福感到憂心。一個小發音卻造成大烏龍，真的是誤會啊。

　　而當碰到[ɝ]或是[ɚ]的發音時，更要用力的把舌頭捲起來！臺灣朋友發「er」的「ㄦ」音時，常常不把舌頭用力的捲起來，發音到「e」（有點像「ㄜ」的音）就停住捲舌，所以「er」（嚴格來說是「ㄜ＋ㄦ」的音，只是唸快一些就是「ㄦ」的音）的音就發不標準。

　　打個比方，你去拜訪一位很久不見的朋友，在聊天敘舊的對話中，你想對他說「You're fatter!」（你比較胖了喔！）結果因為發音沒發好，沒把捲舌音發出來，因此「fatter」聽起來變成了「fat」。結果這一句話聽在對方耳裡，變成了「You're fat!」（你好胖喔！）這位朋友心裡肯定覺得那麼久沒有見面了，居然一開口就說我胖，真沒禮貌。又是一場美麗的誤會啊～（雖然被別人說「變胖」跟「胖」應該一樣心痛！）

發「r」的音需要練習使用舌頭，基本上就是把舌頭捲起來就對囉。寧可捲也不要不捲，尤其是在單字尾巴的「r」音，更是要好好捲起來喔！

發音示範與練習

以下是出現 [ɝ] 的單字：

firm

journal

learn

term

urban

work

以下是出現 [ɚ] 的單字：

government

joker

labor

later

sugar

walker

以下是出現 [r] 的單字：

dare

fare

nor

rare

tired

12

[aʊ]

　　大家知道「round table」嗎？不是指「圓的桌子」喔！如果不知道我所說的「round table」，那就聽我說個小故事吧。「round table」的由來是亞瑟王當時邀請所有武士坐在同一張圓桌旁，不分上下席位，象徵大家的地位是平等的。這些武士就是所謂的「圓桌武士」，而「round table」這個辭彙的意思後來漸漸衍變，到了現代，當我們聽到「round table」時，就是指所有參加會議者一律平等，每位參加者基於協商的精神，為了創造更好的成果而參與會議，「round table」是一種不分上下尊卑舉行會議的一種形式。在各大公司，尤其是外商公司裡，三不五時就會有人發起round table。

　　請你試著想像以下情境：在一間公司裡，某部門提議發起round table，並邀請各個部門的代表在某一天參與會議。每個部門的代表都準時出現在會議室裡，而這位發起者在會議開頭來了一段開場白，歡迎並謝謝大家的參與。他說：「謝謝大家特別撥出午餐時間來參加這次的『wrong table』。」沒錯，他把「round」[raʊnd]（圓形）發成了「wrong」[rɔŋ]（錯誤的）。我想應該很多部門代表的內心會糾結一下，想說他怎麼會講成「wrong」啊！好好的一個會議，因為發音的問題被他說成了「wrong table」，成了「錯誤的會議」。其實這個錯誤發音是很多臺灣人普遍會犯的錯，跟稍前提到的「海放」有異曲同工之

妙！

講到這裡，不知道大家清楚「round」跟「wrong」的差別了嗎？這裡的發音重點就是雙母音[aʊ]的發音以及鼻音發音。[aʊ]是個雙母音，顧名思義，它的發音是由兩個母音結合，發音方法是發[ɑ]「ㄚ」音之後、馬上再發出[ʊ]「ㄨ」的音（兩個音都是母音唷）。因為跟著了一個「n」，馬上又要再發出鼻音的[n]「ㄣ」音。因此這個發音會變成[aʊn]，聽起來像是「ㄚ＋ㄨ＋ㄣ（鼻音）」。

我之所以發現「oun」這樣的發音對一部分的臺灣朋友有困難度，是因為有一位網友在網路上問我如何發好「around」這個單字，他說每次他講這個單字都沒有人聽得懂。我想可能是他每次發音的時候，會把「ㄨ」音給漏掉，只剩下了「ㄚ＋ㄣ（鼻音）」的發音，聽起來像是「ㄤ」音（ㄚ＋ㄣ的音快速連讀，聽起來就像是ㄤ）。因此原本的「round」聽起來應該是「乳＋ㄚ＋ㄨ＋ㄣ（鼻音）＋ㄅ（氣音）」，結果因為發雙母音的發音錯誤，加上結尾的子音沒有發音，這個單字就變成了「乳＋ㄚ＋ㄣ（鼻音）」，聽起來就像是「wrong」一樣了。這跟p.60提到[ʌ]的發音技巧一樣，臺灣朋友可能「ㄚ」音唸得比較順口，所以在唸很多單字的時候，「ㄚ」音時總是會發得比較用力，壓過了其他字母的發音。

　　「oun」這樣的音大多都被夾在單字的正中間，前後往往是子音。這類型的單字發音訣竅除了要確實的發出「ㄚ＋ㄨ＋ㄣ（鼻音）」外，更重要的是前後的子音也要確實標準的發音。例如「ground」[graʊnd]（地面）這個單字，「oun」的音前面有子音「gr」、後面有「d」的音。很多人除了「ㄚ＋ㄨ＋ㄣ（鼻音）」沒有發標準、直接忽略了「ㄚ」音外，還會把中間的子音「r」以及後面的「d」音給遺忘掉，因此這個單字發音就變成了「ㄍ＋ㄨ＋ㄤ」（聽起來像是「逛」的發音）。這個單字的正確發音是先發出「g」的音，再發出「r」的音，「ㄚ＋ㄨ＋ㄣ（鼻音）」的原則不變，以及結尾要發出「d」的氣音，因此聽起來會像是「ㄍ＋乳＋ㄚ＋ㄨ＋ㄣ（鼻音）＋ㄉ」。

　　「oun」這樣的發音單字其實比想像中要多，另一個我常聽到大家會發錯音的例子是「found」[faʊnd]（「找」的過去式）。這個單字聽起來應該像是「ㄈ＋ㄚ＋ㄨ＋ㄣ（鼻音）＋ㄉ（氣音）」，可是大家往往沒有把「ㄚ＋ㄨ＋ㄣ（鼻音）」發好，結尾子音「d」的音也沒有發出來，所以這個單字常常就被唸成了「放」。請記得，把「ㄚ＋ㄨ＋ㄣ（鼻音）」發好是重點，如果可以把子音也發清楚，就可以為發音大大加分。

　　另一個開頭有子音、但是結尾沒有子音的例子是「drown」[draʊn]（溺斃），大家往往發音不準確，把這個單字唸成了

「撞」。原因一樣，大家直接發了「ㄤ」的音，而沒有使用「ㄚ＋ㄨ＋ㄣ（鼻音）」，因此整個單字的發音就走味了。切記，[aʊn]的發音要確實的發出「ㄚ＋ㄨ＋ㄣ（鼻音）」。另外，子音也扮演著重要的角色。

　　雙母音因為是由兩個母音組合起來的，需要的發音技巧比較高，必須從第一個音轉移到下一個音，嘴形也需要從一開始的位置變換到下一個位置。當這個[aʊ]雙母音再碰上[n]的鼻音，大家就更舌胃無措了，還是要靠多多練習，來感受這個發音技巧囉！

發音示範與練習
以下是出現[aʊ]的單字：

about	ground
around	mouth
crown	now
down	power
found	sound

13
[m]&[n]

　　每種語言都有不同的發音標準，外國人在學中文時也要掌握說中文的技巧才能講出標準的中文。我認識一位日本女生，她學中文快兩年了，可是她在發「ㄢ」跟「ㄤ」、「ㄓ」跟「ㄗ」、「ㄡ」跟「ㄛ」的音時，全部都傻傻分不清楚。上次她要祝我「平安」，卻說成祝我「平ㄤ」；她想跟我說「請坐」，卻說成「請揍」；「我」的發音全都變成「偶」。有些人也許覺得這樣很可愛，但有時候是會鬧出笑話的。我有好幾次看到她的老闆在店裡糾正她的發音，但也許是那些發音對她來說太難了，因此她還是頻頻犯錯。這不能完全怪她，因為日文發音裡本來就沒有某些中文的發音，所以她完全無法習慣，硬要她去背那些不熟悉的發音，當然會很吃力。

　　以我自己為例，我曾經嘗試學過廣東話，可是廣東話的音真的超級多，腔調也很奇怪，有些字甚至怎樣聽都覺得很相近（有機會去問問別人廣東話的「貴」、「累」、還有「怪」怎麼說，你就會知道我不是信口開河），還有很多音如果沒發好就會變成了髒話。說錯也罷了，還要被朋友取笑一番，甚至都過了好久了仍不時會被拿出來再笑一次。有時候自己講錯會覺得好笑，但有時候也會感到挫折，遇到這些不熟悉的音，真的只能靠自己多努力，不斷提醒自己該注意的地方，記住這些發音，還要特別注意細節。不是抗壓力低，無法接受別人的批

評，可是若能避免被取笑，才會比較有自信，學習起來也比較有勁！畢竟，誰不喜歡讚美多過於批評呢？

這情形不只發生在日本人學中文或Regina學廣東話時，據我的觀察，臺灣人學英語時也同樣會碰到！臺灣朋友在講中文時幾乎不會用到鼻音，但是講英語時卻是常常需要用到。臺灣人唸很多英語單字時，無法唸得這麼道地，就是少了「一味」，這是其中一個很重要的因素。在英語裡面，會用到鼻音的字母有「m」跟「n」，大家除了忽略鼻音的用法，也常會把這兩個字母（m跟n）的發音搞混，因此鬧了不少笑話。在這個單元裡，我們來看看鼻音應該怎麼發，並且搞清楚m跟n的發音區別，不要再傻傻分不清楚了。

當這兩個字母出現在母音後面或單字結尾時，需要用鼻音去呈現；當出現在母音前面時，「n」的發音即為注音符號「ㄋ」，發的是重音，而「m」的發音即為注音符號「ㄇ」。

比較容易出現發音問題、也是較常使用到鼻音的地方是當m或n出現在單字的結尾時。臺灣人在說英語時不習慣把尾音交代清楚，以m或n結尾的鼻音當然不例外，不是發得不清不楚，就是省略了這個鼻音。可是一樣的，省略的後果就是發音不道地且可能會鬧出笑話。此外，在中文裡並沒有以[m]音結尾的字，母音之後的[m]音也是大家發音時最容易犯錯的地方。

　　首先我們要練習的鼻音發音是類似「嗯」的發音！發「嗯」的時候，稍微再注入鼻音元素，就是[n]的鼻音發音。而發「嗯」之後嘴脣閉起來，就會是[m]的鼻音發音。[m]的鼻音發音比較悶，而[n]的鼻音比較外放。這樣說可能有些抽象，不如直接以單字來學習發音方法。

　　像是「moon」[mun]（月亮）這個字，除了發「oo」音要使用先前提過的訣竅外，後面的[n]音也要清楚的發出來，聽起來會像是「木屋＋ㄣ（鼻音）」。如果沒有發出鼻音，聽起來會像是「木屋」或是「木」的音。因為少了鼻音[n]，因此「moon」就變成「moo」這個單字。你知道「moo」的意思嗎？發揮一下想像力，「木～」的叫聲像什麼？對！這單字是表達牛「哞哞」叫的聲音喔！（「木～木～」是不是真的很像牛叫？）少了鼻音的發音，「moon」跟「moo」就會傻傻分不清楚，所以記得尾音的[n]音要發出來唷！

　　而「mom」[mɑm]（口語中「媽媽」的意思）這個單字應該唸起來像是「媽ㄣ（使用鼻音並且嘴脣最後要閉起）」。而臺灣朋友常會把結尾鼻音發得不清不楚，或是忽略不發最後的鼻音。這個單字如果省略後面的鼻音沒有發出來就會是「ma」，聽起來就是「媽」，雖然在字義上無傷大雅，但你原本要說「mom」卻說成「ma」了，就違背了原本要發「mom」的本意；再說，可不是每次都那麼幸運，漏了個發音環節，誤打

誤撞後，意思卻仍一樣。

　　大家除了會漏掉發[m]跟[n]的鼻音外，也因為[m]跟[n]的發音很接近，容易搞混，所以當沒有發好時，就容易造成誤會。再提醒一次，[m]跟[n]的發音都需要使用到鼻音，只是[m]的結尾嘴脣要閉起來，而[n]不用。打個比方，「mom」（媽媽）跟「mon」（禮拜一的縮寫），這兩個字的發音差別就是結尾[m]跟[n]的發音。發「mom」時，嘴脣最後要閉起來發「媽ㄣ」（有點像嘴巴被搗住、只能用鼻子發出「嗯」的聲音）；而發「mon」時，嘴巴最後不必閉起來（想像你要唸Monday，不過不把day唸出，只唸前面的mon）。試著唸出這兩個單字，兩個字的尾音是否有差別？

　　再舉個更清楚的例子，「gum」[gʌm]（口香糖）跟「gun」[gʌn]（槍）這兩個字的發音差別一樣是在尾音的鼻音。「gum」的尾音鼻音是[m]，嘴脣合起做結尾並發出被搗住嘴巴時那樣「嗯嗯」的聲音，聽起來像是「槓嗯」（嘴脣務必閉起來！）。而「gun」是[n]結尾，嘴巴不用閉起來發鼻音，因此聽起來會像是「槓嗯」（嘴脣不用閉起來）。兩個字除了發音有差別，意思的差別更大！假設今天你要說「give me the gum.」（給我口香糖。），發音沒有發好、嘴巴不小心沒閉起來發了[n]的音，聽起來就變成了「give me the gun」（給我槍），意思可是天差地別啊！

　　剛剛舉的例可能是在字義上會造成誤會的。但日常生活中

常會講到的「What is your name?」或是「What time is it?」諸如此類的用語，大家在發音上也有些不清楚，因此發音總是不標準。如先前提到的，正因為在中文裡面並沒有[m]結尾的音，像是「sometimes」結尾應該要有[m]音收尾，很多人卻發音發成了「sometines」，發結尾的[m]音時，嘴脣沒有閉起。「What is your name?」這一句話，大家唸「name」的時候，也變成了嘴脣沒閉起的發音「nane」。雖然不至於造成意思上的誤會，但這樣的發音是很多臺灣人會犯的通病，如果想學會標準美式發音，[m]跟[n]絕對不可以傻傻分不清楚。

所以，如果希望自己的英語更上一層樓，能夠更接近標準的美式英語發音，這些小細節千萬不可以忽略喔！發[n]的音記得要使用鼻音，不可以直接不發。至於[m]的音，發音時請記得嘴脣最後要閉起來，沒有閉起來就是不對的發音喔！

發音示範與練習

以下是結尾為[m]或[n]而容易搞混的單字組合：

gum/gun	sum/sun
mom/Monday	Tom/ton
rum/run	

14

[ŋ]

　　如果你學過英語文法，應該對「現在式」（he eats beef，他吃牛肉）、「過去式」（he ate beef，他吃過牛肉）和「現在進行式」（he is eating beef，他正在吃牛肉）等時式不陌生吧！其中的「現在進行式」大家應該特別熟悉，臺灣流行樂天團五月天還唱過一首歌叫作〈戀愛ING〉，這裡的「ING」就是進行式的意思，想必很多人對這首歌應該也是朗朗上口。

　　「現在進行式」的「ing」用法是很基本的英語文法，用到的機會很多，大家應該都清楚：就是在「be動詞」（be、is、am、was、were這些動詞）後面的動詞後加上「ing」就是了，但如果動詞結尾是「e」則要去掉「e」後再加「ing」。（直接加上「ing」的單字有如「drinking」，去「e」加「ing」的像是「making」。）

　　從生活中的用法來看，現在進行式的「I am walking」（我正在走路）、「He is studying」（他正在讀書），到過去進行式的「I was sleeping」（我剛剛正在睡覺），都使用了「進行式」的文法。而去「e」加「ing」的則有「He was talking」（他剛剛正在講話）、「She was taking the medicine」（她剛剛正在吃藥）等等，都跟「ing」有關係。所以日常生活中使用到「ing」的時機實在是太多了，需要發「ing」這個音的次數也是多不勝數。

　　「ing」這個組合基本上都出現在單字的結尾，發音好像很

簡單，沒有什麼了不起。可是實際上，當「n」出現在母音後面時，[n]這個音就常容易跟[ŋ]混淆。

其實不只臺灣的朋友有這個問題，基本上華人對[n]或[ŋ]的發音都不太能辨認清楚。這有點像是小時候讀ㄅㄆㄇㄈ，常對某個字到底是發「ㄣ」還是「ㄥ」的音感到疑惑。到底是「一ㄥ文」？還是「一ㄣ文」？是「一ㄥ樂」？還是「一ㄣ樂」？是「ㄒ一ㄣ情」？還是「ㄒ一ㄥ情」？「ㄥ」跟「ㄣ」的發音差別很微小，在中文裡我們都有些疑惑了，更何況英語不是我們的母語，有疑惑在所難免。不過如果不把疑惑解決，那麼發音就無法達到標準。

但是要記得喔，[ŋ]的音並不是只有在使用「ing」文法的時候才會出現，很多單字自己本身就有「ing」的發音。我曾經在報紙上看過一則幽默的四格漫畫，內容畫著一個神父在莊嚴的教堂裡，對正虔誠唱著詩歌的教友們說：「You can sin no more.」（你們不可以再犯罪。）但是這個「sin」[sɪn]（罪孽）發音錯誤，變成了「sing」[sɪŋ]（唱歌），意思就成了「你們不可以再唱歌」。如果真的發生在現實生活裡面，神父應該很糗吧？從例子中你發現「sin」跟「sing」的發音差別了嗎？「sin」的[n]音，只要使用之前教的訣竅去發音即可。可是「sing」這裡的[ŋ]音需要稍微把舌根往後拉，並且堵住氣流，讓氣從鼻

子出來，就像中文裡「很ㄍㄧㄥ」的「ㄍㄧㄥ」那個結尾鼻音一樣去發音。用簡單一點的方式來表達，「sin」的發音就是「ㄙㄧ＋ㄣ（鼻音）」，而「sing」的發音是「ㄙ＋ㄧ＋ㄥ～」，後頭鼻音拉長一點，而且是比較偏「ㄥ」音不是「ㄣ」音。這兩個音的差別雖然很小，不過聽在熟悉英語的人耳裡，這一點小差別卻很清楚。

　　再舉另一組發音相近的兩個單字「thin」[θɪn]（瘦的）跟「thing」[θɪŋ]（東西），發音相近、拼字也只差一個字母，不過意思卻是天差地遠。比方有個年輕女生說「I want to be as thin as you are.」（我想要變得跟你一樣瘦。），發音若沒有發好，就變成了「I want to be as thing as you are.」（我想要變成跟你一樣的東西。）。同樣的，「thin」使用「n」的發音訣竅，記得發鼻音，接近「ㄣ」的發音。而「thing」的尾音是[ŋ]，比較像是「ㄥ」的發音。換句話說，「thing」的結尾鼻音要發得比「thin」更長、更重。

發音示範與練習

以下是結尾為[ŋ]及[n]而容易搞混的單字組合：

bang/ban

bing/bin

finger/fin

rang/ran

sang/San Diago

thing/thin

以下是出現[ŋ]的單字：

drink

king

link

ring

15

[l]

我有個快三歲的姪子，每次發「ㄌ」跟「ㄋ」的音都會搞混。天氣熱的時候，他會嚷嚷著：「好ㄋㄜˋ、好ㄋㄜˋ（好熱、好熱）。」看到他最喜歡的恐龍他會說：「孔ㄋㄨㄥˊ。」他的發音讓我想到自己小時候也搞混過一些字的發音。不知道大家小時候是不是跟我一樣，會搞不清楚「捐ㄒㄧㄝˇ（血）」跟「捐ㄒㄩㄝˇ（雪）」的發音？或是對「檸檬」這兩個字到底是要唸成「ㄋㄧㄥˊ檬」還是「ㄌㄧㄥˊ檬」而感到困擾？又或是到底該說天氣「好ㄌㄥˋ」還是「好ㄋㄥˋ」呢？

說自己的母語中文時都會搞混了，何況是英語中一些相近的發音！其實在英語發音裡，有一些發音特色明顯就像是主角，容易被大家記住；相對的，有些發音就像是配角，比較不被注意到、容易被忽略遺忘或是搞混，就像是中文裡的「ㄣ」跟「ㄥ」容易被搞混一樣。

英語裡的蝴蝶音[æ]就是個很有特色的發音，大家會對它印象深刻，也會多花一點時間在它的發音上。而有些子音因為發音特色比較不明顯，容易被草草帶過，或是一不注意就發錯音。其中有一個音特別有趣，它會出現在單字的前面、中間、結尾，大家總是不覺得它的發音有任何困難之處，不把它的發音放在心上，卻沒有發現自己已經把這個音唸錯了。這個音就是「l」[l]。

　　「l」出現在單字前面時大概都是發「重音」(大多都是出現在母音前面)，出現在單字後面時基本上都是發「悶音」(大多都是出現在母音後面，單字結尾碰到「le」的組合也是發悶音)。不管是重音還是悶音的[l]，大家都有一些發音上的問題。先說重音好了，我發現一些臺灣朋友會把[l]的音發成了[n]的音，就有點像是我姪子講話的時候，把「ㄌ」音發成了「ㄋ」音。以前寄宿的時候，寄宿家庭會問寄宿學生喜歡吃什麼、喝什麼，如果有機會，他們就會準備。有一次寄宿爸爸問了其中一個寄宿學生說：「What do you like to eat?」(你喜歡吃什麼？)這個學生回答：「I nike to eat meat.」(我喜歡吃肉。)沒錯，他把「like」的[l]音，發成了[n]音(「nike」可不是運動鞋的品牌喔！)。原本「like」唸起來是接近「ㄌㄞˋ＋ㄎ」的發音，現在發音變成了「nike」的「ㄋㄞˋ＋ㄎ」了。很多人可能都把[l]音發成了[n]音，若你仔細觀察一下，就會發現不小心發錯音的人真的不少。

　　而當[l]音出現在母音後面，要發悶音，因為是悶音，比較不明顯，因此這個發音大家不容易注意到，很容易被遺忘甚至是發錯音。我要提醒大家，「l」出現在單字結尾的情形非常多，是很多單字結尾的好配角(principle、critical、financial、vocal、available、real、bill這幾個單字的意思相當

廣泛，結尾都需要用到[l]音)。順道一提，很多動詞後面加了個「able」[`ebl]（能、可、會的意思）就可以轉變成形容詞。例如「work」是「工作」，可以加個「able」變成「workable」也就是「可使用的」；「eat」是「吃」，「eatable」是「可以食用的」；「drink」是「喝」，「drinkable」是「可喝的」；「do」是「做」，「doable」是「可做的」；「think」是「想」，「thinkable」是「可考慮的」；「wash」是「洗」，「washable」是「可洗的」。隨便一想就有那麼多轉換的字了，這麼好用的文法轉換一定要學起來。但這也表示用到[l]音的機會很多。

　　不過大家在發結尾[l]的悶音時，都發得很不「悶」，相反的，卻發音發得有些大剌剌，很外放。像是「able」，後面的[l]發音應該是唸完母音後，舌尖稍微往上頂住上牙齦（讓氣流從舌頭兩側通過），聲音結束後再放鬆舌頭去發音。可是大家都很大剌剌的唸成「ㄟ＋ㄅㄡˇ」，聽起來很外放。正確的發音應該是「ㄟ＋ㄅㄡ＋ㄌ（ㄌ不發音，只要唸完「ㄅㄡ」的「ㄡ」音後，將舌頭往上牙齦頂住即可）。接下來我把這個發音分成2個部分來看：「l」出現在單字前面及單字結尾。

1. 當「l」在單字前面，要發「ㄌ」音，而不是「ㄋ」音

　　前面提過，大家常會把[l]的音發成了[n]的音，這是完全

不正確的發音！打個比方，「light」[laɪt]（燈光）這個字應該是要發[l]的音，也就是「ㄌ」的音，聽起來會是「賴＋ㄊ」。不過不少人會把「ㄌ」音發成了[n]，也就是「ㄋ」的音，所以這單字聽起來就像「奈＋ㄊ」，變成了「night」[naɪt]（夜晚）。一個是光線、一個是黑夜，意思大不同。

　　「l」在單字前面時的發音其實很單純，就是舌尖稍微頂住上牙齦，讓氣流從舌頭兩側通過，聲音結束後再放鬆舌頭發音。有個最簡單的練習，請你唸中文的「林」，有沒有感受到在發「ㄌ」音的時候，舌頭就是稍微往上頂到上牙齦？那就是發「l」在單字前面的音了！

2. 當「l」出現在單字結尾，不要發成「ㄡ」音，要發出「悶音」、舌頭往上牙齦頂

　　舉一個最簡單的單字為例：「apple」[ˋæpl]（蘋果），後面的「le」大家總是發得很外放，變成了「ㄟ剖」，後面的「ple」變成了接近「ㄆㄡˇ」或是「ㄆㄛˇ」的音。但這是大錯特錯，不可以發成「ㄡ」的音！當「l」在後面，應該是要發成「悶音」。顧名思義，「悶音」就是有點「悶悶」，外加有些「神祕」、有點「聽不清楚」的感覺。「apple」的正確發音除了要發蝴蝶音之外，後面的「le」要把舌頭往上牙齦頂，聽起來會

接近「ㄚ＋ㄆㄡ＋ㄌ」（「ㄆㄡ」的「ㄡ」音發完後，舌頭往上牙齦頂）。這個往上頂的發音，有點像是發中文的「了」，只是一發到了「ㄌ」音就停住，不要發到「ㄜ」音，舌頭頂到上牙齦即停止發音。這感覺就是結尾為「l」時發音的技巧。

另外，「bill」[bɪl]（帳單）這個單字，大家都會把它發成「必＋ㄡ」，後面的「l」音發成了「ㄡ」音，而且發得很清楚，一點都不悶。正確的發音應該是「必＋ㄡ＋ㄌ」（「ㄌ」在這裡一樣不要完全發出音來，只要把舌頭頂住上牙齦就立即停止發音）。這個「ㄌ」音就是悶音，悶在那裡沒有完全發出音來。

「l」在單字前面的「重音」發音技巧比較容易被理解，「悶音」就比較抽象了，但只要記得這幾個訣竅，再多聽聽正確發音，就能輕鬆上手囉！

發音示範與練習

以下是出現[l]及[r]而容易搞混的單字組合：

blue/brew

clue/crew

flam/fram

flee/free

flesh/fresh

lead/read

以下是結尾為[l]的單字：

acceptable

apple

imcredible

possible

principle

sensible

16
th [θ] [ð]

　　「th」的發音也是個很有趣、值得探討的發音。引起我好奇去探討這個音的標準發音的原因，其實是我大學一年級的一位印度老師啟發的。當時他教的是Micro-Economic（個體經濟學），這堂課裡會講到很多theory[ˋθiərɪ]（理論），不過他每次發「theory」這個單字時，並沒有咬住舌頭的去發「th」的音，所以會把「theory」唸成類似「低旅」的音。每次聽到他說「低旅」來、「低旅」去的，我都會不由自主的想笑。請不要誤會，我並不是喜歡取笑老師，而是真的太逗趣了，很難忍住。

　　在那之後，我碰到過馬來西亞、新加坡的朋友，不知道他們是不是受印度人影響（不是我亂說，當地真的有很多印度人），我發現他們發「th」的音時也都有些障礙。例如他們唸「three」[θri]（三）的時候，本來應該是要咬住舌頭去發「th」的音，聽起來像是快速唸出「ㄙ（大舌頭的咬住舌頭）＋乳＋一」，可是他們往往都把「三」唸成了「tree」[tri]（樹，聽起來像快速的唸出「處＋乳＋一」）。點三號餐「number three」的時候，往往變成了「number tree」（樹號餐）。而在臺灣，我們則常常把「three」發成像是「水」（臺語裡的「漂亮」）。可見每個國家除了有自己的文化特色外，發音也各有特色呢！

　　「th」的發音有2種，一種是有聲的[ð]，另一種是無聲的[θ]。不管是哪一種，記得都要輕咬舌頭發音。其實「th」被用

到的頻率說多不多、說少還真不少！從幾乎每天都用得到的「they」[ðe]（主詞的他們）、「them」[ðɛm]（受詞的他們）、以及「their」[ðɛr]（他們的），到「5 th」（第五）、「35th」（第三十五）、「100th」（第一百）等，或是「thanks」[θæŋks]（謝謝）還有每天一定會用到的「the」[ðə]（這個、那個），真是想數也數不清啊！（在這裡提醒大家一下，第一是「first」，不是「1th」、而是「1st」，第二是「second」，不是「2th」、而是「2nd」，第三是「third」，不是「3th」、而是「3rd」唷！）

至於這個發音有多重要呢？幾年前有個語言機構拍了支廣告，主旨就是在說明「th」的發音之重要，當然，廣告總是比較誇張點的。影片被放上了網路（到 YouTube 搜尋「Mayday sinking」還可以找到這段影片喔），當時引起了很大的迴響。故事是這樣的：在德國海岸巡防隊的某個聯絡站，今晚駐守的是個新來的年輕人。當上司交代了一些事情離開後不久，他從無線電裡聽到了傳來的英語說：「Mayday... we are sinking!」（意思是說：「求救……我們正在下沉！」也就是遇到船難的意思。）這本該是很緊急的時刻，可是那年輕人卻慢條斯理的、一點都不緊張。接下來，他拍打了話筒幾下，並回答對方：「Hello? What are you thinking… about?」（你好，你在想什麼？）你明白廣告影片的有趣之處了嗎？一個是「sinking」[sɪŋkɪŋ]

（下沉）、一個是「thinking」[θɪŋkɪŋ]（想）。唸「sinking」的時候不需要咬住舌頭，可以發出像是「ㄙ＋ㄧ＋ㄣ＋king」的發音；不過唸「thinking」的時候應該是「ㄙ（大舌頭的感覺、輕輕咬住舌頭）＋ㄧ＋ㄣ＋king」。也許這個故事是有些誇張，不過卻很直接的告訴了大家發音的問題可小可大。更何況若能輕易掌握訣竅、輕鬆發出標準的發音，為什麼不讓自己變得更厲害呢？

　　大致上，臺灣朋友發「th」這個音時，都不會咬住舌頭發「ㄙ（輕輕咬住舌頭）」，而是把它直接唸成了[s]的「ㄙ」音。你不妨這樣練習，現在設想自己是個大舌頭，對朋友說「是喔」（記得要咬住舌頭去發「是」的音），然後問朋友，你這樣有沒有像大舌頭。如果有的話，這個「ㄙ（輕輕咬住舌頭）」就是「th」要發的音了！或許你會好奇為什麼我知道這是大舌頭的發音呢？因為我以前曾經戴過牙套，之後戴了牙套維持器，說到一二三四的四時，都會被我媽媽說是大舌頭。當時我正想改回自己的中文發音，在糾正自己的時候發現，自己幾乎每次唸ㄙ或ㄕ時都會咬住舌頭（可能因為嘴巴空間被維持器給霸占了，口腔狹小的空間讓我的舌頭不知道該怎樣放）。因此我發現那個大舌頭音就是「th」的發音。

　　其實發這個音的訣竅真的就是這麼簡單！就是要輕輕咬住

舌頭，變得好像有點大舌頭那樣去發音，就會比較標準了。雖然說訣竅就是那麼簡單，但是為了更詳細的解析，我把「th」的發音分成3個部分來看：th在單字最前面時、th在單字中間時（這個比較特別，先繼續看下去）以及th在單字後面時。

1. 當th在單字前面時，輕輕咬住舌頭發音

　　「th」的發音會像是「ㄙ（輕輕咬住舌頭）」，而不是「s」的發音[s]。我們每天一定會用到的字「thanks」或是「thank you」（都是「謝謝」的意思），在很多臺灣朋友的口中說出來，就變成了「三＋ㄎ＋ㄙ」或是「3Q」。雖然這樣的發音非常有親切感，但如果是在國外使用這樣的發音，可能會讓外國人覺得你英語不太行。因此，在唸「thanks」的時候，「th」音請務必要輕咬舌頭、快速的發出「ㄙ（輕咬舌頭）＋ㄟ＋ㄣ＋ㄎ＋ㄙ（不要咬舌頭）」。而重音[ð]的發音，例如：「the」，大家常常唸成「了」（發成「ㄌ」的音）。可是請注意！要咬住舌頭發出「ㄙ（輕咬舌頭）」，然後發音偏「ㄉ」音。「these」也常常被唸成了「立＋ㄙ」（也是發成「ㄌ」的音），但是正確發音應該是唸「ㄉ一（咬舌）＋ㄙ」。「there」也會被唸成「累＋ㄦ」（也是發成「ㄌ」的音），但應該是「ㄉㄟ（咬舌）＋ㄦ」。請記得，要輕輕咬舌頭後發音！

　　當th在單字最前面時，很常看到的組合是th配上母音的a、e、i、o、u。會使用到的發音也大概只有五種：tha、the、thi、tho、thu。當然，th也會碰上子音，只是這些單字在發音上面有時會比較饒舌，不過不管碰到哪一個母音或是子音，不管是重音的[ð]還是氣音的[θ]，th的發音基本上就是要輕咬舌頭就對了！

2. 當th在單字中間時，咬住舌頭，配合前後字母稍稍改變發音

　　「th」在單字中間的發音不像在最前或最後那樣，只要輕咬住舌頭發「ㄙ」音就好。因為當「th」在中間時，它需要配合前面及後面的字母來發音。而大部分當「th」在中間時，會出現的組合常常是「ther」，「th」在這裡的發音是[ð]。例如：father、mother、brother、feather。要注意的是，「ther」的音發起來應該像是「的（輕輕咬住舌頭）＋ㄦ」，「th」的音在這裡有點像是[d]的音。

　　因此當你在唸「mother」[mʌðɚ]（媽媽）的時候，聽起來會像是快速唸「媽＋的（輕咬住舌頭）＋ㄦ」，而不是「媽＋的＋ㄦ」，有些朋友直接把它發成了「媽＋的」（變成粗話了，還好外國人不懂）。在這裡可以練習的發音小技巧是，試著想

像自己是大舌頭，轉過去對著朋友說：「我的（輕咬住舌頭）。」如果朋友說聽起來是大舌頭，那個「的」就是你該發的音了！在此也要順便提醒大家，發「ㄦ」的音時要捲起舌頭唷！

3.當 th 在單字結尾時，輕輕咬住舌頭發音

「th」在單字最後面時，不需要像在最前或是在中間那樣的瞻前顧後，只要簡單發「ㄙ（輕輕咬舌頭）」就對了。但很多人還是會忘記咬舌，把「th」的音發成了 [s] 的音。沒有咬住舌頭發音，雖然有時候還是聽得懂，但有時候卻可能會造成誤會。

有個小留學生下課後回到寄宿家庭，寄宿家庭的媽媽就問他今天比賽拿到第幾名，這個學生本來要跟寄宿媽媽說「I got the fourth」或是「I was the fourth」（「我拿到第四」、「我是第四名」的意思）。「fourth」[forθ]（第四）後面的「th」應該要咬住舌頭發「ㄙ」，整個單字聽起來會像是快速唸「ㄈ＋ㄡ＋ㄦ＋ㄙ（輕輕咬住舌頭）」。但是那個學生沒有咬住舌頭唸「ㄙ」，聽起來就變成了「force」[fors]（力量），發音變成了「ㄈ＋ㄡ＋ㄦ＋ㄙ」。結果聽在寄宿媽媽的耳裡，留學生的話變成了「I got the force」、「I was the force」（「我得到了力量」、「我是力量」的意思）。我想寄宿家庭的媽媽或許會想，這個留學生可能是在隱喻自己得到了力量，所以應該是拿到了第一吧！

　　「th」的發音技巧其實並不難，只要大家記得輕咬住舌頭發音。臺灣朋友普遍會犯的錯誤就是把它發成了[s]的音，記得！不管是在單字的前後還是中間，看到「th」都要輕咬住舌頭喔！

發音示範與練習

以下是[θ]及[s]容易搞混的單字組合：

mouth/mouse

thin/sin

worth/worse

youth/use

以下是出現[θ]或[ð]的單字：

earth

north

tooth

thank

three

thought

threat

17 tion[tʃən] [ʃən] & sion[dʒən] [ʒən]

「tion」以及「sion」的發音，出現在很多單字的結尾，在文法上運用廣泛（以 tion 結尾較多）。唸「tion」以及「sion」結尾的單字，發音時通常需要運用一些技巧。

為什麼說它們在文法上運用廣泛呢？發音又為什麼會需要一些技巧呢？打個比方，「create」是「創造」的動詞，而在這單字後面加「tion」變成「creation」，它就變成了「創造」的名詞（或是「創意」）。「confess」是「告解」的動詞，而「confession」就是「告解」的名詞。「reserve」是「預約」的動詞，「reservation」就是「預約」的名詞。「explore」是「爆炸」的動詞，「explosion」就是「爆炸」的名詞，其他還有數以萬計這類的變形單字。

當然，不是所有動詞都有這樣的名詞變形，不過這卻是很常看到、很好用的變形。也因為它是變形，因此單字普遍偏長，一開始就會嚇倒很多人（有些人看到單字長，就會害怕去發音）。這麼厲害的變形字發音，大家卻對它有些陌生，現在就讓我們一起來熟悉它吧！

「tion」以及「sion」這兩組發音發起來及聽起來是一樣的，不過卻始終困擾著臺灣朋友。以前我在美國也遇過講中文的人發這兩個音，聽起來有點奇妙。但真正讓我發現臺灣朋友對這兩個發音有障礙，是在一場會議裡。

在那次的會議裡，參加者有臺灣、美國以及馬來西亞的同事，大家一起使用越洋電話、講英語開會，也就是常常聽到的「conference call」或是所謂的「concall」。會議中夾雜著來自美國同事的字正腔圓英語、來自馬來西亞同事帶點新加坡外加印度發音的英語、還有讓我覺得很親切的臺式英語。我一邊開會，一邊比較大家講英語的發音，已經有點變成了習慣。

因為我這個「好習慣」，讓我在大家你來我往討論公司新規定的同時，聽到有個臺灣同事講到了「reservation」這個單字，不過他的發音並不標準，把這個單字唸成了「reserva遜」，「tion」的發音頓時變成了「遜掉了」的「遜」。當下我馬上把這個錯誤的單字發音寫下來（竟然不是寫下會議內容，而是單字發音）！

之後我慢慢發現，其他很多臺灣朋友也常把「tion」或是「sion」發成「遜」或是其他很妙的發音。雖然我聽得懂他想說的是「reservation」這個單字，也知道韓國、日本、中國等一些亞洲國家把這個音發成「遜」，但不知為什麼，我一聽到「reserva遜」時，腦袋頓時馬上浮現的是「這個發音好臺灣啊！」可見這個發音在臺灣是被普遍流傳著的，但這卻不是標準的發音。

其實我剛開始學英語的時候，也跟大家一樣，把「tion」

或是「sion」的發音發得比較像「炫」，因此 reservation 念起來會像是「reserve 炫」。雖然這樣唸大家也聽得懂，而且唸「炫」還比唸成「遜」聽起來順耳多了（其實是半斤八兩啦，都是比較臺灣的發音）。只是當我越來越深入了解英語發音，聽到並觀察到更多美國人的發音後，我更能體會把「tion」發成「炫」，發音就是不夠標準！

再更仔細的了解後，我發現要把這個音發得標準的訣竅除了不可以發成「遜」外，還要把「tion」的尾音發成有「n」（ㄣ）的音在裡面！而且是鼻音的「ㄣ」音唷！因此 reservation 的發音聽起來會接近「reserve 炫ㄣ」（請務必要放入ㄣ的鼻音在裡面才會標準，可以參見 p.83）。

也許你現在有些疑惑，「遜」、「炫」、「炫ㄣ」這3個音聽起來不是很接近嗎？請試著唸唸看「reserva 遜」、「reserva 炫」、「reserva 炫ㄣ」，3個音（遜、炫、炫ㄣ）要分別發清楚，並仔細去體會，放入了鼻音的「ㄣ」，聽起來是不是比較接近美式發音？我敢拍胸脯保證，只要你在結尾加入「ㄣ」音、發音到位的話，你就可以說自己的發音跟美國人一樣了，訣竅就是如此簡單（眨眼）。

而「tion」或是「sion」都是出現在單字的結尾處，所以它的發音不像其他發音會有不同位置的區別，需要配合其他字母

變換發音，只要單純的發成「炫ㄣ」的音就可以了！只是請記得，結尾的「ㄣ」音一定要使用鼻音，而不是像是講中文時唸出「嗯」的那種感覺就夠了（請參見p.83）！

接下來要探討的是「tion」以及「sion」比較進階的發音。其實，「tion」大多都是發[ʃən]的發音，但是當「tion」前面出現的字母是「s」的時候，此時「tion」發音會變成了[tʃən]（從ʃ音變到了tʃ音）。打個比方，「section」[`sɛkʃən]（區域）的「tion」發音是[ʃən]，但是「question」[`kwɛstʃən]（問題）的「tion」前面有個「s」，因此這個「tion」發音就變成[tʃən]。

至於「sion」的發音也一樣，當「sion」前面是「r」或是母音的時候，它的發音是[ʒən]，但其他時候發音還是[ʃən]。像是「tension」[`tɛnʃən]（緊繃）的「sion」發音是[ʃən]，而「vision」[`vɪʒən]（視覺）因為「sion」前面是母音[i]，所以發音為[ʒən]。

總而言之，大部分的「tion」以及「sion」的發音還是以[ʃən]為主。[ʃən]跟[tʃən]還有[ʒən]的差別很微小，如果想要學會更標準的發音，以下的發音示範與練習可提供大家參考。

發音示範與練習

以下是 tion 結尾的單字：

acuisition[ˌækwəˋzɪʃən]

position[pəˋzɪʃən]

digestion[dəˋdʒɛstʃən]

exhaustion[ɪgˋzɔstʃən]

suggestion[səˋdʒɛstʃən]

以下是 sion 結尾的單字：

apprehension[æprɪˋhɛnʃən]

expression[ɪksˋprɛʃən]

conclusion[kənˋkluʒən]

decision[dɪˋsɪʒən]

explosion[ɪksˋploʒən]

version[ˋvɝˋʒən]

18

sh[ʃ] & ch[tʃ]

　　之前說過，結尾的子音要好好發出音來，不然可能會造成誤會！接下來介紹2個不少人會不小心發錯的音：「sh」及「ch」。相信大家對這兩個組合並不陌生，常會看到它們出現在單字裡，對它們的發音可能也滿熟悉的。只是我經常聽到有人把這兩個發音發混了，聽起來不上不下，有些奇怪。就讓我們從簡單一點的結尾發音訣竅開始說起吧！

　　我記得小時候在某知名英語補習班學英語的時候，老師會教abc的KK音標發音，大家總會唸著「a、ㄚ～b、ㄅ～c、ㄎ～d、ㄉ…」的發音練習，而且在練習這些發音時，還會有一些字卡幫助小朋友學習。像是a的字卡就會有紅紅的apple（蘋果）、b就是bird（鳥）的圖片、c就是cat（貓）……。相信我不用繼續講下去，因為很多人應該都經歷過跟我一樣的英語學習過程吧！

　　等學生把這些基本的KK音標學好後，老師就會再教一些規律性的發音組合如「th」、「ph」、「ch」、「sh」等等。我記得，當時在學「ch」的發音，圖卡上的圖案是watch（手錶），而老師教我們把「ch」的音發成「娶」。不知道是不是因為當時外籍老師還不是那麼盛行，教英語的老師都是臺灣本地人，教我們唸「ch」發音的時候並不是發輕輕的「曲」（再次提醒喔，發輕音時聲帶不會振動），而是很用力、大膽的唸出重音

的「娶」；而「sh」的發音應該是發輕音的「噓」（有如叫人小聲一點時會發出的「噓〜」），可是老師卻把這個發音教成了重音的「許」。

小孩子的學習力很強，老師要我唸重音「娶」我就唸「娶」，而且還忘不了呢。所以小時候唸watch[wɑʧ]（手錶；看），都會唸成像「襪娶」那種感覺，而不是「襪曲（聲帶不振動的輕音）」。他要我把「sh」唸成「許」，我也乖乖聽話，因此唸wash（洗）的時候就變成了發重音、聲帶會振動的「襪許」，而不是輕音、聲帶不振動的「襪噓（輕音，聲帶不振動）」。

再次強調，不論結尾是其他子音，還是「sh」或「ch」，請發成輕音，不要發成重音！一發成了重音，整個感覺就不美式了。就像是做三明治，美式三明治裡餡料會有生菜、火腿等，調味上頂多就放一點番茄醬、黃芥末醬或是美式美乃滋。可是臺灣三明治除了會出現豬排或雞排，調味上也會放入臺灣口味的沙拉美乃滋。尾音沒有唸好的感覺，就像臺式三明治，發音加了「臺灣的調味」，即使只是一種調味，就可以把美式英語發音變成臺式發音法了。

還有另外一個需要注意的重點是，「sh」的音偏向是「ㄒㄩ」，而「ch」偏向的是「ㄑㄩ」。兩個發音在結尾時，除

了要發輕音、聲帶不振動外，「ㄒ」跟「ㄑ」也記得要發清楚。想想看假如你要說「I want to watch」（我想要看），卻把「watch」發成了重音，而且「ㄒ」、「ㄑ」也沒有好好發清楚，「watch」跟「wash」聽起來就會有點雷同，因此別人可能會聽成了「I want to wash」（我想要洗）。原本是跟老婆說「我想要看（電視）」，最後老婆誤會了，以為你想洗碗，因為她把你的話聽成了「I want to wash」。

發音示範與練習

以下是[ʃ]與[tʃ]容易搞混的單字組合：

shame/change

share/chair

sharp/chart

she/chef

shoes/choose

wash/watch

wish/witch

以下是出現[ʃ]或[tʃ]的單字：

bench

squash

Part 3

發音的進階技巧

19 聲調

　　發音技巧很重要，但如果無法把全部的發音技巧串在一起用，也達不到真正標準的美式發音。在學完了各種發音小技巧後，我們就來學習如何把所有發音黏在一起的訣竅，講出道地的美式發音。

　　每種語言都有其獨特的發音技巧，可以從不同的角度來解析及了解。最基本的就是每種語言的基本聲調，像是日語裡面有あいうえお（有人唸成「ㄚ、ㄧ、ㄨ、ㄟ、ㄡ」像機器人般的平音，有些人則唸成「ㄚˋ、ㄧ、ㄨ、ㄟˋ、ㄡ」有抑揚頓挫的聲調），而在中文裡有五種音調：一聲（-）、二聲（ˊ）、三聲（ˇ）、四聲（ˋ）、輕聲（‧）。當然，在對話中會受情境跟情緒影響，因此說話的聲調會因而稍稍改變，以表現出不同的語意，進行更生動的表達。像是「你小心一點」這句話，如果是微笑的說「你小心一點」（聲音溫柔偏高），聽起來就是關心；但如果是「你小心一點」（聲音偏低、咬牙切齒），這樣聽起來就是威脅。用不同的口氣和聲調講出來，感覺大不同！

　　再來，語言也會因為文化特性的不同，有不同的獨特發音或是講話方法。例如，香港人講話普遍偏快，所以有些人會覺得，廣東話一旦講快了有時候會像是在吵架一樣，還開玩笑的說，還是國語最好聽、最文明。另外，據我從眾多香港朋友身上的觀察，因為香港以前是英國殖民地，大多數人都會講英

語，所以他們講話時常會攙雜著一些英語單字在對話之中，而且香港人的英語發音大多都是英式發音。

至於韓語，我有個中國朋友曾開玩笑的說，講好韓文的方式除了聲調要拉很高、有些激動外，還要先學會「摔破盤子的聲音」，例如：ㄆㄧㄤ、ㄅㄧㄤ、ㄑㄧㄤ之類的。講日語的時候則要溫柔可愛的加一些「捏」、「ㄏㄟˊ」等聲音，聽起來就會比較日系。想講好北京話的則是要捲舌，這樣就能讓中國朋友有些親切感。

在電視上常可以看到一些外國朋友上節目，他們如果講了幾句臺語或是稍微散發出「臺味」，大家就會覺得他們很厲害、很了解臺灣！又或者是臺灣電視節目上的藝人在模仿外國人的時候，除了服裝跟妝容，重點是要抓到講話的韻味。這些藝人就是抓到發音的特色與技巧，所以不論他們是模仿韓國總統還是日本總理，這些技巧都讓他們的模仿得以出神入化、令人會心一笑。

講了那麼多，只是想強調學好語言需要諸多技巧，且除了學會小技巧，還需要對外國文化多加了解。不管你是學什麼新語言，只要掌握這些要領，學起語言就能比較融入當地的講法，再加上多注意細節，就能幫助我們講起外語時既標準、又local！

　　而幫助我們講好美式英語的基本條件是什麼呢？首先是多學習美國的slang，例如：臺灣教學生問好的用法會是「How are you?」或「How are you doing?」，可是生活化一點的用法會是「What is up?」，唸起來會像「whatsup」。其他問候語還有「How have you been?」（如果一陣子沒有見面了，就可以說這句問候語）、「What are you up to?」等等。這些生活中口語的用法如果學起來，就可以感覺比較local。除了掌握文化特色，最基本的發音技巧就是要抓到講英語單字的「流暢」發音（而不是一頓一頓的發音），另外就是單字音節寧可低沉也不要讓尾音往上揚。

1.單字發音要「流暢」，不要一頓一頓的

　　中文的發音方法是一個字就是一個音。例如：「英文」雖然是用4個注音符號（ㄧㄥ ㄨㄣˊ）拼出來的，但是真的在講話發音的時候，其實只有兩個明顯的音節。英語就不是這麼一回事了，英語裡的一個單字通常是由數個字母拼出來的，發音音節也長短不一。

　　英語的單字有長有短，短的單字可能只有一個音節，例如「he」就只有一個音節。但不是越多字母，音節就越多，像是「they」雖然是4個字母拼起來的，可是也只有一個音節。

　　不過像是「northeastern」（東北部的）就有數個音節，而且想唸好這個單字必須使用了很多前面教過的技巧，是個練習進階發音的好單字！這個單字用到的技巧有：1）r 捲舌、2）th 咬舌、3）子音要發清楚、4）er 捲舌音、5）n 發鼻音。讓我們仔細一點看，解析這個單字的發音：

1）north（北）：「nor」，因為有 r 音，所以舌頭要捲起來。

2）north：「th」要輕微咬舌結尾。

3）east（東）：「s」跟「t」的子音要輕輕的發出來！不可以發太用力、也不可以不發出來。

4）-ern（變形文法*）：「er」要捲舌。

5）-ern：「n」的尾音要發出鼻音。

> 在 east（東）、south（南）、west（西）、north（北）後面加上「ern」，就可以把這些單字變 eastern（東部的）、southern（南部的）、western（西部的）、northern（北部的）。更進階的可以變成 northeastern（東北部的）、northwestern（西北部的）、southeastern（東南部的）、southwestern（西南部的）。

　　把 northeastern 這個單字拆成 3 個音節發音，發起來一點也不難，而且抓到訣竅後還可以發得很標準！不過如果只是分別把 north、east 以及 -ern 發得標準，當需要把這 3 個音連一起變成一個單字時發音就不會了，這樣可是不行的喔！

　　碰到這種多音節的單字，首先要先掌握發音訣竅（如剛剛說的「r」要捲舌、「th」要輕輕咬舌等前面章節介紹過的發音訣竅），再來就是要「流暢」的把這些音節連起來，不要一頓一頓的發音。即使你可以把north、east以及ern發得標準，可是連起來時卻無法順暢的把這3個音節連起來，這樣前面學到的訣竅只能發揮一半的效果。

　　因此唸northeastern時，不要把段落分得那麼明顯，試著串起全部音節。唸起來不該像是「north-east-ern」（像是3個單字一樣），而是「northeastern」（th跟e要有點連起來，發出有些像「si」的聲音，t跟er也要連起來，n要發鼻音）。請你記得要使用基本的訣竅，不然聽起來會像是「no死一死疼」，是不是很奇怪？換句話說，即使這個單字你可以順暢的連起來唸，可是若「th」沒有輕咬舌頭發音，或是「er」沒有捲舌、「n」沒有鼻音，漏了任一個環節，這個單字唸起來都不會有令人「驚豔」的感覺。

　　這樣看起來好像很複雜、有些難度，其實一點也不難，只要記得基本技巧、並多多練習，長音節單字發音連起來的唸法也只需要多唸幾次（真的只需要練習幾次！），就可以輕鬆唸出標準英語囉！

2.音節寧可低沉也不要把尾音往上揚

聲音的高低可以表達情緒。像是嚴肅的時候,聲音可能就低沉,而興奮的時候,聲音可能就變高。或者在發問的時候,尾音往往會拉高以表達疑惑。但我發現,不知道為什麼很多臺灣朋友在說英語的時候,常把單字尾音往上拉,或是把單字開頭的音節隨便拉高。不過最糟糕的還是整個句子的聲調亂飄,對聽者來說就會有些吃力不舒服。這是個大家普遍會犯的毛病,不只有一般的英語學習者,依我多年坐飛機的觀察,連天天都會使用到英語的空服人員也常會出現發音「飄忽不定」的情況。

某次在飛機上遇到亂流,空服人員盡責的廣播提醒乘客說:「Please fasten your seatbelt.」(請繫好安全帶)。「fasten」跟「seatbelt」這2個單字明明只要平平穩穩的唸就好,但是那位空服人員把「fasten」的「fa」音拉高、「seatbelt」的「seat」音也拉超高。其實這位空服人員的英語不差,可是那種隨意拉高單字聲調的發音方法,聽起來很不美式。(也不知道是不是航空公司要她們把聲調拉高,好引起注意?如果是,她成功了!)總之,這種莫名的拉高聲調是非常多人會犯的小毛病,常在不經意間就出現,所以要特別注意喔!

　　有人把單字前面的音調拉高，當然有人把尾音拉高（像新加坡、馬來西亞等東南亞地區的英語發音就是）。我記得，小時候阿姨家請了一位菲律賓來的幫傭，當她叫家中弟弟「Kevin」的時候，總是把尾音拉高（但是「Kevin」這個字的發音是前面音偏高），其他單字發音也總是尾音拉高。

　　又或者是一句話明明可以平平穩穩的講，很多人可能因為緊張，講得好像在唱歌一樣，發音高低起伏什麼音調都有。有興趣的朋友可以去YouTube找一段影片（搜尋「Angry Singaporean」，會找到一段有人不會倒車入庫的影片，講者的英語發音就是飄來飄去），你就會知道發音飄來飄去在別人耳裡聽起來有多吃力。

　　也有一些外國人在講中文時，音總是發得很不穩，會有「飄飄」的感覺（很多藝人模仿外國人講中文時都會誇大他們講話那種怪裡怪氣的聲調）。比方有個美國人要跟你自我介紹說他是外國人，原本要說「我是外國人」，但因為發音聲調不穩定，這句話聽起來就會有點像「窩史歪鍋認」；要說「我二十四歲」，可能會講成「窩耳屎思雖」。大家對這種老外說中文的發音應該不陌生吧！

　　其實外國朋友的口音雖然洋腔洋調，我們還是聽得懂他們在說什麼，但他們「飄來飄去」的聲調卻會讓人發覺他們學中

文的資歷或許不久。同樣道理,當我們講英語時發音不穩、飄來飄去,也許那些外國人也聽得懂,可是聽在他們耳裡,可能會有些好笑,並且覺得我們發音沒有那麼標準。雖然說「能聽得懂的英語就是好英語」,但是當我們要精益求精時,發音發得穩就是個很重要的大原則。

　　說了那麼多,只是想把很多人講英語時的毛病點出來,並且找出可以協助解決毛病的方法。不過,最重要的還是要多聽、多練習!像是前面所說的要流暢發音,即使知道自己的癥結是講話頓頓的、不流暢,但是如果不常聽、不常練習,再怎麼樣也不會變得標準。可能很多人都不知道自己講英語時聲調是飄飄的,如果不常聽,也不會知道怎樣的發音才是正確的,或是哪個單字前面音調要高、哪個是後面要高。接下來會更詳細的講解一些進階技巧,讓你說起英語更有道地美國腔!

20
連音

　　學英語當然要了解並熟悉發音，甚至要記住一些小訣竅，才能說出一口標準的美式發音。不過就像前面提到的，一種語言要學得道地，不只是要學發音，更要學那個國家的文化。因為了解了文化，才會了解哪些場合要用哪些用語。因為了解文化，講話的語氣及態度才會融入情境，才是真正的標準英語。就像是學日語，了解了他們的文化，配上音調、語氣、手勢、臉部表情等，才能夠掌握裝可愛的精髓！在臺灣，我們也有一些新詞彙像是「機車」(剛學中文的外國人應該只知道機車是一種交通工具，不知道也可以用來形容人)、「萌」(不要說外國人了，臺灣人對這個字的新用法也沒有一個很具體的解釋)、「囧」等，如果了解了，就可以算是真的融入了臺灣生活。而在發音上面，在臺灣大家會把一些詞彙口語化，例如「這樣喔」，大家常會說成「醬喔」(甚至打字時也會)。

　　中文裡有「醬喔」，在英語裡也有類似這樣的連音，而且還非常多呢！不過英語的連音可真是一門學問，很多網友在網路上問過關於連音的問題，我曾做了一支很短的影片分享了幾個例子，同時也強調這些連音需要經驗及練習才能體會。

1.放輕鬆，把連音當成ㄅㄆㄇ

　　臺灣朋友最早接觸到的一套拼音系統應該就是注音符號ㄅㄆㄇ了。為了方便學習，不妨把英語連音想像成中文的拼音吧。「ㄧ＋ㄥ＝ㄧㄥ＝英」、「ㄨ＋ㄣ＝ㄨㄣ＝溫」，這樣的拼音大家應該一點都不陌生吧？最入門的連音技巧就是把兩個分開的英語單字當成兩個注音，然後拼起來唸，就成了連音囉！

　　像是大家還滿常說的「come on」這個用法，除了要使用到前面教過的「m」及「n」的發音技巧，要讓美式發音更上一層樓的技巧就是「連音」。

　　請把「come」跟「on」當成兩個注音符號，然後把這兩個音連起來唸，成了如同「comon」的發音。在健身房裡或是當兵時最常聽到的就是「push up」（伏地挺身）以及「sit up」（仰臥起坐）。同樣的，「push」跟「up」就把它想像成兩個注音，然後把這兩個注音拼起來就成了「pushup」的發音，「sit up」也就變成了「situp」。是不是一點都不難呢？

發音示範與練習

check in

cheer up

crash on

get in

move it

push it

sign up

time out

watch out

2.省點力氣，同樣的音發一次就好

　　英語單字實在是太多了，什麼樣的組合都有，而當兩個單字湊在一起，第一個單字的字尾是子音，而第二個單字的字首也是同樣的子音時，這個子音只要發一次就好！像是「bus stop」（公車站），第一個單字的字尾是「s」，而第二個單字的字首也是「s」，這時候兩個「s」的音只需要發一次。「bus stop」原本有兩次「s」的音，連音的時候就變成了「bustop」，一個「s」接起了兩個單字！或是「gas station」（加油站），第一個單字的字尾是「s」，第二個單字的字首也是「s」，因此唸起來可以變成「gastation」，「s」的音不用發兩次！

　　這個連音技巧也可以運用在句子裡面喔！像是當你說「She loves salad.」（她愛吃沙拉）的時候，「loves」後面的「s」以及「salad」前面的「s」一樣是可以共用的！因此聽起來會是「she lovesalad」。當然，你也可以一個字一個字慢慢唸，這樣也沒有錯，只是你得要在「loves」跟「salad」中間換一口氣，聽起來有點太過「小心翼翼」的感覺。當基本的發音技巧都學會了，就可以開始使用連音，聽起來會更有美式英語的味道唷！

發音示範與練習

about this

forget to

give it to me

he is sick/he's sick

left turn

let time goes by

more rain

right turn

right timing

team member

3. 子音與半母音的連音技巧

「you」是個很特別的單字，經常出現在很多單字後面，會產生一些連音加上「變音」的發音。正因為「you」這個單字很常用到，所以特別提出來跟大家分享有關它的連音。

在認識新朋友的時候，大家應該都會說「Nice to meet you」吧？「meet」加上「you」就是我們現在學習的連音加變音！當「t」碰上了「y」音，發起來的音會有點像是「啾」，所以聽起來會變成有些像是「nice to meechu」的感覺。或是「got you」，相信大家常看到或聽到是「gotcha」，後頭的「you」有點像「招」的發音。

另外像是「I miss you」的「miss」配上了「you」，中間「s」跟「y」音連著唸會變成有點像「咻」的發音，整句聽起來會像是「I miss 咻」。這些都是「連音」加「變音」的例子。

會產生這類型的連音加變音，常常是當 [t]、[d]、[s]、[z] 這些子音碰上了「you」裡面的半母音 [j] 音。

連音是在發音裡面比較進階的一項，對於這些連音加變音，大家除了刻意的去了解、甚至去背這些規則，最重要的還是需要多聽、多觀察。連音其實一點都不難！抓到基本技巧後只要多練習，你的美式發音就會更厲害囉！

發音示範與練習

can't you→ [t] + [j]→ [tʃ]

invite you to the party

let you

met you

put you in the position

sent you

could you→ [d] + [j]→ [dʒ]

did you

send you

lend you the pen

he likes you → [s] + [j]→ [ʃ]

he was your friend

kiss you

miss you

raise your hand → [z] + [j] → [ʒ]

those year

these year

21
彈舌音

你學到的第一個稱讚別人的英語單字是什麼？我第一個學到稱讚別人的單字是「beautiful」（美麗的）！它可以稱讚人、事、物，是個超級好用以及入門的字！相信有很多人也跟我一樣，很早就接觸到「beautiful」這個字，但是對它的發音，你熟悉嗎？依照我的觀察，大部分的人都很乖的把「beautiful」的音發成「ㄅㄩ＋體＋否」，中間的「ti」就是發接近「體」的音。聽是當然聽得懂，但其實美式發音在這裡會使用「彈舌音」的技巧，因此「ti」的音會變得比較接近「特」或是「理」的音唷！所以「beautiful」唸起來會接近「ㄅㄩ＋理＋否」。不過要怎麼把「體」變成「理」的感覺呢？這就要運用彈舌音的技巧囉！

應該有不少朋友知道彈舌音，尤其是曾接觸過西班牙語的朋友，一定是對彈舌音又愛又恨！愛是因為學會了很有成就感，大多數說中文的朋友是學不會彈舌音的，但是在愛上它之前，大多數人可是恨它恨得牙癢癢的，因為它真的很難學！之前有支廣告就是用「彈舌音」為主題，有興趣的朋友可以搜尋「可樂、彈舌」，就可以聽到彈舌音了。不過那麼長的彈舌音是針對西班牙語的發音需要，英語裡只需要很短的彈舌音，並沒有那麼難學。

練好彈舌音的原則跟連音一樣，基本的發音原則先練好，

接下來就可以學習進階的發音技巧。而彈舌音的技巧就是要「彈舌頭」！以前有個委內瑞拉朋友試著要教我西班牙語裡的彈舌音，其中最重要的訣竅就是要把舌頭放鬆。英語裡的彈舌音也是一樣，要稍微把舌頭放鬆去發音，像是「beautiful」的彈舌音唸法就是試著把中間的「ti」音發得又輕、又快，這樣就可以很自然的把「體」的音變成了接近「理」的音囉！

　　之前有個網友問我，為什麼他聽「water」這個字時，會聽到「d」的發音？或是他聽別人唸「made it」的時候，好像跟他自己唸的不太一樣？其實這也是受彈舌音的影響喔！彈舌音大多跟[t]或是[d]音有關，所以我把彈舌音分成[t]及[d]音兩部分來探討。

1.[t] 的彈舌音

　　當[t]出現在母音或是「r」這個字母後面，而且在另一個非常重的母音發音之前，這時候會有彈舌音出現。

　　像是剛剛說到的「beautiful」這個單字，中間的[t]出現在[u]這個母音後面，而且在[ə]的前面，因此 的音會變成偏向「d」[D]的彈舌音（彈舌音以[D]表示）。另外一個很常聽到的彈舌單字是「city」[ˋsɪtɪ]（城市），大家發音常會發成有如「ㄙㄧ＋體」的音，其實也沒有錯，就是中規中矩的唸好這個單

字。但是這裡的「t」應該是要發成彈舌音才會是美式發音！試著把舌頭放鬆、並輕快的發出「ty」的音，聽起來會接近「ム一＋理」的發音唷！

　　不只是單字發音，其實很多彈舌音是因為連音而產生的，像是「fit in」除了用連音唸成像是「fitin」的發音，中間的「ti」音有點像是「聽」，但標準的美式發音在這裡會發成彈舌音，有點偏向[d]的發音，所以「ti」的發音偏向「訂」的音喔！

發音示範與練習

a lot of

get off

get on

get up

hate it

kitty

liter

meter

meet up

patty

2.[d] 的彈舌音

當 [d] 出現在母音或是在「r」這個字母後面，而且在另一個非常重的母音發音之前，這時候會有彈舌音出現。

其實這個發音跟前面提到的是一樣的技巧，不過碰到的單字拼音是有關「d」的。像是「we made it」（「我們做的」或是「我們辦到了」），這裡的「made it」除了可以用連音的技巧唸成「madit」，聽起來像是「沒底」，更進階的是要使用彈舌音，技巧就在要「軟化」這個 [d] 的發音，不要硬邦邦的發音。

發音示範與練習

had it

made it up

made of

moody

muddy

order

spider

steady

study

　　[d]跟[t]的彈舌音發音技巧是一樣的。而很多彈舌音是從連音衍生而來，因此連音的「快、輕」要先練好，就會接近標準的彈舌音。再來，當你發彈舌音時，會感覺舌頭頂向上齒齦，再把嘴巴裡的空氣快速往外送。

　　彈舌音跟連音一樣，除了有些唸法可以刻意去記、去練外，最重要也最有效的並不是硬背，而是自然而然的學會。我從來沒有刻意的去學彈舌音，全部都是自己練習、觀察、多聽多看，時間久了就自然而然的會了！但畢竟臺灣並不是全英語的環境，因此在這裡要特別提出來彈舌音的技巧，希望大家可以更加重視，學會了彈舌音之後就會感覺自己更融入美式發音了唷！

22 削弱音 & 重音

前面的章節談到了連音及彈舌音，接下來要分享的是「削弱音」（消失的音）以及「重音」。「重音」你可能聽過（很多人對重音有誤解，等等再來解釋），但你現在可能在納悶什麼是「消失的音」吧？先讓我們繼續看下去。

1.削弱音

第一個要提醒大家的是「and」[ænd]（和、及）這個單字。「and」是一個很基本的單字，也是最常被使用到的連接詞。它的單字發音一點都不難，應該可以說是人人都會的發音。可是在進階的英語發音裡，「and」的發音卻是「消失的音」。我記得一開始要寫書的時候，問過幾個英語不錯的朋友：「你覺得英語發音的特色是什麼？如果只可以講一個，你會想到什麼？」其中一個紐約哥倫比亞大學研究所畢業的朋友提到的就是「and」的發音是「n」。由此可見，這個「消失的音」在發音界的地位不容忽視。

前面說過，該發的子音就要發出來。沒錯，清楚的發音真的很重要，因為這是基本工夫，代表你對發音的了解足夠！但是當你對英語有一定的了解後，有很多發音你反過來會適當的「削弱」或是讓它「消失」。比方學習英語久了，你會發現「and」的發音裡，後頭的「d」的音會被「消失」掉，只剩下

「n」的發音，這就是「Rock ' N' Roll」中間「N」的來源。現在想想，「Rock ' N' Roll」中間是不是不唸「and」，而是「n」呢？請大家記住這個技巧囉。

其實這種唸法會出現，主要是因為「偷懶」。「and」是個連接詞，前面跟後面都會有字詞被它連接著，像是「you and me」、「food and beverage」、「boys and girls」、「hot and cold」等這類「A and B」的用法，如果唸順一點、快一點，中間的連接字「and」的音就會被削弱，發音剩下「n」的音。總之，以後不論在講什麼，只要講到「and」，基本上把它發成「n」就會比較口語囉！

或者是「subject」[`sʌbdʒɪk]（題目）這個單字，如果講英語多了、熟練了，你會發現中間的「b」音也是若有似無，好像消失、削弱了。「obvious」[`ɑbvɪəs]（明顯的）這個單字也是一樣，唸多、唸快了，你會發現裡面的「b」音有點消失、削弱。或是很多過去式的發音，例如「hoped」、「liked」、「baked」、「helped」等都有「消失的音」。這種音消失的原因是，當兩個子音碰在一起時，前面那個子音的發音便會減弱。當然，若沒有減弱第一個子音也沒有關係，發音跟單字的意思上也不會有錯。但如果可以很順暢削弱後再發音，整體的發音技巧則會更成熟些。

　　以「please」[pliz]（請）這個單字為例，「pl」是2個子音。2個子音碰在一起時，第一個子音要削弱發音。所以唸「please」的時候，「p」的音發得很短、很弱，緊接著便發出「l」的音。

發音示範與練習

advice

cocktail

kindness

lipstick

option

picture

postcard

script

　　除了這種有點消失、若有似無的減弱發音，還有一種是逼近不見的音！有不少網友曾經問過我「family」[`fæməlɪ]（家庭）怎麼發音，為什麼他聽到有人說「fa-mi-ly」，也聽過「fam-ly」的發音？或是「camera」[`kæmərə]（相機）明明音標

就是寫「ca-me-ra」，但是很多人的發音卻是接近「cam-ra」？「average」[ˋævərɪbdʒ]（平均）的發音到底是「a-ve-ra-ge」還是「a-ver-ge」？哪個發音ss才是對的？好像有些音消失不見了？原來這裡會有消失音，是因為當一個單字有3個或3個以上的音節時，「重音」又剛好落在第一音節，那麼第二個音節的母音就會減弱發音，甚至會有「消失的音」產生。不過一樣的，如果你第二個母音沒有減弱，或是沒有消失也沒有錯。只是如果可以很順暢體會那個減弱消失的發音，你的英語發音就達到另一個境界囉！

發音示範與練習

corporate

every

factory

history

interest

memory

several

victory

2.重音

　　另一個稍早提到的「重音」也是一個發音技巧的重點。其實你應該不陌生，因為一路下來我們一直提到了「重音」跟「氣音」，但是那個一直提到的「重音」是指發音的時候振動聲帶去發音的「重音」。這裡的「重音」不一樣，是指運用在「音節」上面的「重音」。

　　音節上的「重音」定義不是指振動聲帶發音或是發音發得用力，是指發音音節的聲調高低；發音較高的音節就代表重音在那個音節上。例如，稍早提到的「camera」[ˋkæmərə]（相機），重音在前面的「ca」，聽起來像是「ㄎㄚˇ＋ㄇㄟˋ＋乳ㄚ」，前面的「ca」音調較高！如果重音在後面聽起來會像是「ㄎㄚˇ＋ㄇㄟ＋乳ㄚ」。或是像「arrange」[əˋrendʒ]（安排）的重音就不在最前面的「a」，而是在「ra」這裡。我要再次強調，重音不代表要把音唸重喔！重音在這裡是指「發音比較高」，當重音在某個音節上時，這個音節的發音就要拉高！在稍早的單元裡面提到過，發音的時候寧可沉穩也不要亂飄，這就是重音的精髓囉！其實這個重音主要還是要靠自己對單字的熟悉程度，並沒有一個很強制的規則告訴你哪樣的單字重音會出現在前面、哪樣的單字重音會在後面。

但是有一組發音曾有好多網友問過我，而且老實說以前我自己也有這個困擾，因此我想要特別提出來跟大家分享。好多網友問我「can」跟「can't」的發音怎麼那麼像，他們不但不知道兩個發音之間的差別，連帶也不太會發音，甚至連在聽的時候都不知道聽到的到底是「can」還是「can't」。這一組發音是很多人的困擾，明明要說可以卻說成不可以，抑或是顛倒過來。有些人會說一個有「t」、一個沒有「t」在字尾，應該很好區分的啊。不過因為「t」的音常常會被「削弱」，所以「can」或是「can't」便把大家搞得暈頭轉向。

其實「can」跟「can't」的差別很簡單，「can't」的發音會比「can」來得長及大聲，不過最明顯的還是重音的發音！「can」的發音是平平順順的，音調是沉下去的感覺、比較低沉；「can't」就不一樣了，發音時音調要拉高！掌握了這些技巧後，就可以簡單分清楚「可以」跟「不可以」的差別囉！

發音示範與練習

I can do it / I can't do it

he can sleep / he can't sleep

they can read / they can't read

Raymond can sing / Raymond can't sing

Can we go? / Can't we go?

Can she help? / Can't she help?

Can he drive? / Can't he drive?

結語

　　英語的重要性眾所皆知，我從小到大也都知道英語很重要，但我以前的英語能力真的並不好，考試成績都是努力背來的，分數也就馬馬虎虎，更別說英語發音了，我連背單字的時間都不夠了，哪裡還有時間去學英語發音？為此，剛到美國時，我真的適應得很辛苦，認識的單字大概就只有國中課本裡面教的那些字，會的文法也就只有一些基本對話。所以一開始的時候，真的把大部分時間都花在背單字以及學文法上面，發音標不標準、哪裡要捲舌、哪裡要發鼻音，我從來沒有注意過。

　　常常聽到很多人說：「學語言最重要的就是敢講，講錯了也不要怕丟臉。」但是當我自己真的親身體驗的時候，我才發現「敢講」對於學語言真的是很重要！奉勸大家一開始學英語的時候，真的不要怕講錯或是講得不標準，只要講就對了！但是當我學英語學久了，有一天突然產生了一個念頭，同樣是說英語，為什麼美國人說的就是美國樣，我說起來就是臺灣樣？既然是英語，我不是應該把它講得像英語的感覺嗎？從那之後我就開始對發音產生強烈興趣。所謂的興趣就是以「好玩」的心態去看待發音，觀察每個人的發音，好的、不好的都去學習。

　　我很幸運，以前在美國就常接觸到不同國籍的人，讓我有機會觀察各國人的英語發音，並比較大家的發音方法。回到臺

灣後，我又有很多機會接觸並了解臺灣朋友在英語發音上常常
「辦不到」的地方，因此看待「發音」這件事就比別人更深入。
我不是英語系、也不是教育系出身，但是我想以我自己的親身
經歷以及對語言的觀察，找到自己學習英語的方式，並且把這
些自己蒐集起來的技巧分享給大家。這些發音技巧可能跟學校
裡教的正統方法不一樣，但是藉由我自己的觀察，更能把大家
常犯的發音通病找出來，讓大家知道怎樣去發這些音才是正確
的、更接近美式發音的。

　　很多人都認為在美國讀書有地理優勢，學起英語會比較快
上手。無可否認，在一個天天說英語的環境下學英語，一定比
在講中文的環境有優勢。但是如果針對發音，絕不是住在美國
天天接觸英語、天天接觸美國人就可以學會美國發音的精髓。
我看過很多人在美國讀書多年，可是發音還是無法達到「美式
英語」的感覺，還是停留在國內自己學的發音。

　　雖然學習語言的目的是為了溝通，自己聽得懂別人說的，
自己講的別人聽得懂，就很足夠。但我想告訴大家的是，剛去
美國時，我沒有多花時間去研究發音，即使後來我的聽、說、
讀、寫都很OK，也不會有人特別跟我說我英語學得很好。直
到我真的花心思去觀察發音後，才開始有不少人稱讚過我的發
音以及我的英語程度。我承認，學習語言或是發音，當然需要

適合的環境及一點天分，但過程中還是需要別人提點一些常常犯的發音錯誤或是揪出一些盲點（以為發音對了，結果一直都是錯的）。此外，特地學習一些發音技巧，對於學好發音是最重要的。若把這些技巧學起來，只要肯努力、多練習，美式發音絕不是遙不可及的，在臺灣也能學會道地美國腔！

這樣發音超標準，跟著留學正妹說出道地美國腔
（附真人原音教學CD、情境微電影DVD）

作　　者──Regina 林函臻
主　　編──顏少鵬
責任編輯──李國祥
責任企劃──張育瑄
董 事 長
發 行 人──孫思照
總 經 理──趙政岷
總 編 輯──李采洪
出 版 者──時報文化出版企業股份有限公司
　　　　　10803 臺北市和平西路 3 段 240 號 3 樓
　　　　　發行專線─（02）2306-6842
　　　　　讀者服務專線─0800-231-705・（02）2304-7103
　　　　　讀者服務傳真─（02）2304-6858
　　　　　郵撥─19344724 時報文化出版公司
　　　　　信箱─臺北郵政 79～99 信箱
時報悅讀網── http://www.readingtimes.com.tw
電子郵件信箱── newstudy@readingtimes.com.tw
第二編輯部臉書─時報⑫之二 http://www.facebook.com/readingtimes.2
法律顧問──理律法律事務所　陳長文律師、李念祖律師
印　　刷──鴻嘉彩藝印刷事業股份有限公司
初版一刷── 2013 年 6 月 28 日
定　　價──新臺幣 450 元

⊙行政院新聞局局版北市業字第八〇號
版權所有　翻印必究
（缺頁或破損的書，請寄回更換）

國家圖書館出版品預行編目資料

這樣發音超標準，跟著留學正妹說出道地美國腔 / 林函臻著 . -- 初版 . --
臺北市：時報文化，2013.06
　面；　公分 . -- (Learn系列；16)

ISBN 978-957-13-5784-3(平裝附光碟片)

1.英語 2.發音

805.141　　　　　　　　　　　　　　　　102011565

ISBN 978-957-13-5784-3
Printed in Taiwan